Diogenes Taschenbuch 24520

de
te
be

RAMÓN JOSÉ SENDER, geboren 1901 in Aragonien, war Journalist und Autor. Er nahm auf der Seite der Republikaner am Bürgerkrieg teil. Über die Hälfte seines Lebens hat er im Exil verbracht: in Frankreich, Mexiko und seit 1942 in Amerika, wo er Literatur unterrichtete und 1982 in San Diego, Kalifornien, starb.

Ramón José Sender

Requiem für einen spanischen Landmann

Aus dem Spanischen von
Thomas Brovot

Mit einem Nachwort von
Erich Hackl

Diogenes

Der vorliegenden Übersetzung
(erstmals erschienen 2018 im Diogenes Verlag)
liegt die 2010 bei Ediciones Destino, S. A., Barcelona,
erschienene Ausgabe von
Réquiem por un campesino español zugrunde,
welche 1953 erstmals unter dem Titel
Mosén Millán veröffentlicht wurde und seit 1960
unter dem heutigen Titel erschien

Für Jesús Vived Mairal

Veröffentlicht als Diogenes Taschenbuch, 2020

Diogenes Verlag AG Zürich
www.diogenes.ch
20/20/852/1
ISBN 978 3 257 24520 2

Inhalt

Den Kopf gesenkt, das Kinn über dem Gewand für die Seelenmesse, saß der Pfarrer auf seinem Stuhl in der Sakristei und wartete. Es roch nach Weihrauch. In einer Ecke lag noch ein Bündel Olivenzweige von Palmsonntag. Die Blätter waren vertrocknet, wie aus Metall. Wenn Mosén Millán in die Nähe kam, passte er auf, dass er sie nicht berührte, weil sie sich gleich lösten und zu Boden fielen.

Ab und zu zeigte sich der Messdiener in seinem weißen Chorhemd und verschwand wieder. Durch die beiden Fenster, die auf den kleinen Pfarrgarten hinausgingen, drangen belanglose Geräusche herein.

Irgendwer fegte wie toll, der trockene Besen fuhr über die Steine, eine Stimme rief: »María … Marieta …«

Nahe dem einen Fenster, das halb offen stand, hatte sich eine Heuschrecke in den Zweigen eines Strauchs verfangen und zappelte verzweifelt. Ein

Stück weiter, beim Dorfplatz, wieherte ein Fohlen. ›Ja‹, dachte Mosén Millán, ›das muss das Fohlen von Paco del Molino sein, das wie immer durch die Straßen läuft.‹ Und dann dachte er, dass dieses Fohlen eine ständige Erinnerung an Paco war, an sein unglückliches Ende.

Die Ellbogen auf die Armlehnen gestützt, die Hände gefaltet über dem schwarzen, goldbestickten Gewand, betete er weiter. Schon seit einundfünfzig Jahren sprach er diese Gebete, und so hatte sich eine Routine eingestellt, die es ihm erlaubte, seine Gedanken woandershin zu lenken, ohne das Gebet zu unterbrechen. Und in Gedanken schweifte er durch den Ort. Er wartete auf die Angehörigen des Verstorbenen. Bestimmt würden sie kommen – sie mussten einfach kommen –, schließlich war es ein Gedenkgottesdienst, auch wenn er die Messe las, ohne dass jemand sie bestellt hätte. Die Freunde des Verstorbenen hoffte Mosén Millán ebenfalls zu sehen. Aber wer konnte das schon wissen. Fast das ganze Dorf war mit Paco befreundet gewesen, alle außer den beiden wohlhabendsten Familien: den Familien von Don Valeriano und Don Gumersindo. Die dritte reiche Familie, die des Herrn Cástulo Pérez, war weder Freund noch Feind.

Der Messdiener kam herein und nahm eine Altarglocke, die dort in der Ecke stand. Den Klöppel hielt er fest, damit sie nicht läutete. Als er wieder hinausgehen wollte, fragte Mosén Millán: »Sind die Angehörigen schon da?«

»Welche Angehörigen?«, fragte der Messdiener zurück.

»Tu nicht so. Erinnerst du dich nicht an Paco del Molino?«

»Ach, der, natürlich, Herr Pfarrer. Aber bisher ist niemand in der Kirche.«

Der Junge ging zurück in den Altarraum, in Gedanken bei Paco del Molino. Wie sollte er sich nicht an ihn erinnern? Er hatte ihn sterben sehen, und nach seinem Tod hatte im Dorf ein Lied die Runde gemacht. Ein paar Verse fielen ihm wieder ein:

Da geht er hin, verurteilt schon,
der gute Paco del Molino,
der bitter um sein Leben weint
auf dem langen Weg zum Friedhof.

Aber das mit dem Weinen stimmte nicht. Der Messdiener hatte Paco mit eigenen Augen gesehen, und er hatte nicht geweint. ›Aus dem Wagen des Herrn Cástulo heraus habe ich ihn gesehen, ihn und die anderen, ich hatte den Beutel für die Letzte Ölung dabei, damit Mosén Millán den Toten die Füße salben konnte.‹ Das Lied über Paco ging dem

Messdiener nicht aus dem Kopf, und wie von selbst nahmen seine Schritte den Rhythmus auf:

> … und als sie bei der Mauer sind,
> gebietet der Zenturio: Halt!

Das mit dem Zenturio schien dem Messdiener eher zur Semana Santa zu passen, zu den Figuren beim Gebet im Garten Gethsemane. Durch die Fenster der Sakristei wehte nun ein Duft von verbrannten Kräutern, und in Mosén Millán weckte dieser Duft – ohne dass er im Beten innehielt – wehmütige Erinnerungen an seine eigene Jugend. Jetzt war er alt, sagte er sich, bald schon in diesem Alter, in dem das Salz seinen Geschmack verliert, wie es in der Bibel heißt. Er murmelte sein Gebet, den Kopf an die Stelle an der Wand gelehnt, wo sich nach all den Jahren ein dunkler Fleck gebildet hatte.

Wieder kam der Junge herein, holte die Stange zum Anzünden der Altarkerzen, die Messkännchen, das Messbuch.

»Sind Leute in der Kirche?«, fragte der Pfarrer ein weiteres Mal.

»Nein, niemand.«

Noch zu früh, sagte sich Mosén Millán. Bestimmt waren die Bauern noch nicht fertig mit dem Dreschen. Aber die Familie des Verstorbenen durfte nicht fehlen. Die ganze Zeit schon läuteten die Glocken, die bei Trauerfeiern langsam schlugen, mit einem dumpfen, tiefen Ton. Mosén Millán streckte die Beine aus, und über der Matte aus Espartogras kamen die Spitzen seiner Schuhe zum Vorschein, der ausgefranste Saum der Albe. Auch das Leder der Schuhe hatte dort, wo es sich beim Gehen bog, Risse, und der Pfarrer dachte: ›Ich muss sie flicken lassen.‹ Es gab jetzt einen neuen Schuster im Dorf. Sein Vorgänger war nie zur Messe gegangen, hatte aber mit größter Sorgfalt für den Pfarrer gearbeitet und ihm einen guten Preis gemacht. Der alte Schuster und Paco del Molino waren Freunde gewesen.

Mosén Millán musste an den Tag denken, als er Paco in ebendieser Kirche getauft hatte. Es war ein kalter Morgen gewesen, mit goldenem Licht, einer dieser Morgen, an denen die Steinchen aus dem Fluss, mit denen man auf dem Dorfplatz den Fronleichnamsteppich legte, unter den Füßen knirschten. Der Junge lag in den Armen der Patin, in kostbare Tücher gewickelt und unter einem Umhang aus weißem Satin, bestickt mit Seidengarn, ebenfalls weiß. Alles Prachtvolle, was das Landvolk besitzt, ist für die Feier der Sakramente. Während die Taufgemeinde in die Kirche einzog, läuteten fröhlich die kleineren Glocken. Ob der Täufling ein

Junge oder ein Mädchen war, konnte man hören. War es ein Junge, sprachen die Glocken – die eine einen Ton höher als die andere –: *Ist nicht* nena, *ist ein* nen; *ist nicht* nena, *ist ein* nen. War es ein Mädchen, änderte sich der Klang ein wenig, und sie sprachen: *Ist nicht* nen, *ist eine* nena; *ist nicht* nen, *ist eine* nena. Das Dorf lag nahe der Grenze zu Lérida, und die Bewohner benutzten manchmal katalanische Wörter wie *nen* und *nena*.

Kaum war die Taufgemeinde auf dem Platz eingetroffen, erscholl Kindergeschrei, denn der Pate hatte eine Papiertüte dabei, aus der er großzügig Zuckermandeln und Bonbons in die Menge warf, so war es Brauch. Andernfalls hätte die Rasselbande sie mit Schmährufen auf das Neugeborene empfangen, mit Anspielungen auf seine Windeln und ob sie trocken waren oder nass.

Die Mandeln prasselten gegen die Türen und die Fenster, schlugen manchmal auch den Kindern an die Köpfe, aber sie verloren keine Zeit mit Gejammer. Im Turm läuteten die ganze Zeit die kleineren Glocken: *Ist nicht* nena, *ist ein* nen, und die Bauersleute traten in die Kirche, wo Mosén Millán, bereits im Gewand, schon wartete.

Hunderte von Kindern hatte der Pfarrer getauft, doch an diese Feier erinnerte er sich noch gut, eben weil es die Taufe von Paco del Molino gewesen war.

Manche der Anwesenden schauten ernst und trugen Trauer. Die Frauen kamen mit Mantille oder schwarzem Schultertuch. Die Männer im gestärkten Hemd. Das Taufbecken in der Kapelle gemahnte an alte Geheimnisse.

Mosén Millán war zum Familienessen eingeladen. Es wurde nicht viel Aufhebens gemacht, bei den Feiern im Winter ging es weniger hoch her als bei den Feiern im Sommer. Mosén Millán erinnerte sich noch an ein Bündel gedrehter und verzierter Kerzen auf einem Tisch und dass die Wiege mit dem Kleinen an der Stirnseite des Raums stand. Daneben die Mutter, mit gedrungenem Kopf, vollem Busen und dieser würdevollen Ruhe der frisch entbundenen Frauen. Der Vater unterhielt sich mit den Freunden.

Einer von ihnen trat an die Wiege und fragte: »Ist das dein Sohn?«

»Mensch, woher soll ich das wissen«, antwortete der Vater und nahm mit leisem Spott die Frage aufs Korn. »Von meiner Frau ist er jedenfalls.«

Allenthalben erscholl Gelächter.

Mosén Millán, vertieft in sein ewiges Brevier, hob den Kopf und sagte: »Also bitte, benimm dich. Was sollen die Scherze?«

Auch die Frauen hatten gelacht, vor allem die Jerónima – Hebamme und Heilerin –, die gerade der Mutter eine Hühnerbrühe und ein Glas Muskateller brachte. Dann deckte sie das Kind auf und machte sich daran, den Verband über dem Bäuchlein zu wechseln.

»Na, sieh einer an. Damit stehst du beim Tanz bestimmt nicht lange in der Ecke«, kommentierte sie seine stattliche Männlichkeit.

Die Patin erzählte noch einmal, der Kleine habe während der Taufe die Zunge rausgestreckt, um das Salz aufzulecken, bestimmt werde er einmal ein charmanter junger Mann und habe Erfolg bei den Frauen. Der Vater des Jungen ging von einem Gast zum anderen, blieb immer wieder bei der Wiege stehen und betrachtete das Neugeborene.

»Wer hätte das gedacht«, sagte er leise. »Bevor der Kleine auf die Welt kam, war ich nur der Sohn meines Vaters. Jetzt bin ich obendrein der Vater meines Sohns.« Und laut: »Die Welt ist rund, und sie dreht sich.«

Mosén Millán war sich sicher, dass es zum Essen Rebhuhn in Marinade geben würde. In diesem Haus durfte man damit rechnen. Als ihm der Duft schon in die Nase stieg, erhob er sich, trat an die Wiege und nahm aus seinem Gebetbuch ein winziges Skapulier, das er dem Kleinen unters Kopfkissen legte. Er sah das Kind an, betete weiter: *Ad perpetuam rei memoriam …* Der Junge schien zu merken, dass er der Mittelpunkt der Feier war, und lächelte im Schlaf. Mosén Millán trat einen Schritt zurück und sagte: »Worüber er wohl lächelt?«

»Er träumt«, erklärte die Jerónima. »Träumt von Flüssen kuschelwarmer Milch.«

Es war eine etwas seltsame Ausdrucksweise, aber so klang alles, was die Jerónima sagte.

Als die letzten Gäste eingetroffen waren, bat man zu Tisch. Am Kopfende nahm der stolze Vater Platz. Die Großmutter deutete auf die Seite gegenüber und sagte zum Pfarrer: »Und hier der andere Vater, Mosén Millán.«

Der Pfarrer gab der Großmutter recht: Der Junge war zweimal geboren worden, einmal auf der Welt und ein weiteres Mal im Schoß der Kirche. Bei dieser zweiten Geburt war der Gemeindepfarrer der Vater. Mosén Millán nahm sich zunächst nur wenig auf den Teller, hielt sich zurück für die Rebhühner.

Noch jetzt, sechsundzwanzig Jahre später, erinnerte er sich an diese Rebhühner und roch, so nüchtern er vor der Messe war, den Duft von Knoblauch, Essig und Olivenöl. Das Geläut der Glocken riss ihn für einen Moment aus seinen Gedanken. Er schaute zum Messdiener. Der stand in der Tür, einen Fingerknöchel zwischen den Zähnen, und versuchte sich zu erinnern:

… dort bringt man sie, dort bringt man sie,
Arm an Arm sind sie gebunden.

Der Messdiener hatte das Bild noch vor Augen, ein blutiges Bild, und es knallte.

Der Pfarrer war in Gedanken schon wieder bei der Tauffeier, als der Messdiener, nur um etwas zu sagen, meinte: »Ich weiß nicht, wieso heute keiner in die Kirche kommt, Mosén Millán.«

Der Priester hatte Pacos Nacken mit dem Chrisam gesalbt, seinen zarten Nacken, der zum Rücken hin zwei Fältchen bildete. ›Jetzt‹, dachte er, ›ist dieser Nacken längst unter der Erde. Staub zu Staub.‹ Alle hatten das Kind an jenem Morgen glücklich angeschaut, vor allem der Vater, aber auch mit etwas Fragendem im Blick. Kein größeres Geheimnis als ein Neugeborenes.

Die Familie war nie sehr fromm gewesen, dachte Mosén Millán, doch gegenüber der Gemeinde tat sie ihre Pflicht und hielt sich an den Brauch, der Kirche zweimal im Jahr etwas zu spenden, einmal in Form von Wolle und ein andermal von Getreide, im August. ›Mehr aus Tradition denn aus Frömmigkeit‹, dachte Mosén Millán, ›aber getan haben sie es.‹

Die Jerónima wusste genau, dass der Pfarrer nicht gut auf sie zu sprechen war. Denn mit ihrem

Gewerbe und ihrem Gerede – ihrem *Gequacke,* wie sie es nannte – rührte sie im Dorf die stillen Wasser auf. Auch betete sie seltsame Gebete, um den Hagel zu vertreiben und Überschwemmungen fernzuhalten, und zum Schluss sagte sie dann: *Heiliger Gerechter, heiliger Starker, heiliger Unsterblicher – erlöse uns, Herr, von allem Übel,* worauf sich noch ein lateinischer Satz anschloss, der wie etwas Unanständiges klang und dessen wahren Sinn der Pfarrer nie hatte ergründen können. Die Jerónima sprach ihn in aller Unschuld, und wenn der Pfarrer sie fragte, woher sie dieses kauderwelsche Latein habe, sagte sie, von ihrer Großmutter.

Mosén Millán war sich sicher gewesen, dass er in der Wiege, würde er nur das Kissen anheben, ein Amulett fände. Wenn es ein Junge war, legte die Jerónima meist eine kleine kreuzförmig geöffnete Schere darunter, um ihn vor Wunden durch Waffen zu schützen – vor ihrer eisernen Wut, wie sie sagte –, und wenn es ein Mädchen war, eine von ihr selbst im Mondschein getrocknete Rose, auf dass dem Kind Schönheit zuteilwerde und schmerzhafte Monatsblutungen erspart blieben.

Ein Zwischenfall bereitete Mosén Millán eine kleine heimliche Freude. Der junge Dorfarzt kam herein, wünschte allen einen guten Tag, nahm die Brille ab, um sie zu putzen – beim Eintreten war sie beschlagen –, und ging gleich auf die Wiege zu. Nachdem er das Kind untersucht hatte, verbot er der Jerónima, noch einmal den Nabel des Neugeborenen zu berühren oder auch nur die Binde zu wechseln. Er sagte es in scharfem Ton und, schlimmer noch, vor aller Ohren. Bis in die Küche war es zu hören.

Kaum war der Arzt wieder gegangen, machte die Jerónima ihrem Herzen Luft. Sie sagte, mit den älteren Ärzten habe es niemals Ärger gegeben, dieser Grünschnabel glaube wohl, einzig sein Wissen sei etwas wert, aber sag mir, für wen du dich hältst, und ich sage dir, woran es dir fehlt. Dieser Doktor habe mehr Muskeln und *Manieren* als Verstand. Sie versuchte, die Ehemänner gegen den Arzt aufzubringen. Oder hatten sie nicht bemerkt, wie er bei den Leuten hereinplatzte, ohne anzuklopfen, und direkt ins Schlafzimmer ging, auch wenn die Frau des Hauses sich gerade ankleidete? So manche habe er im Korsettschoner überrascht oder im Unterrock. Und was machten die Ärmsten? Nichts, klar. Ein Schrei und ab ins nächste Zimmer. Tolle Manieren für einen fremden und unverheirateten Mann. Ja, so einer war der Arzt. Die Jerónima schimpfte noch weiter, aber die Männer hörten nicht mehr hin.

Mosén Millán ging schließlich dazwischen: »Still jetzt, Jerónima«, sagte er. »Ein Arzt ist ein Arzt.«

»Schuld ist nicht die Jerónima«, sagte jemand anderes, »sondern der Wein.«

Die Bauern sprachen von ihrer Arbeit. Der Weizen spross, in den Beeten keimte das Gemüse, und im Frühjahr würde es eine Freude sein, die Melonen und den Salat auszusäen. Als Mosén Millán sah, dass die Unterhaltung an Schwung verlor, erhob er das Wort gegen den Aberglauben. Die Jerónima hörte schweigend zu.

Der Pfarrer sprach von den ernstesten Dingen mit Worten, wie die Leute auf dem Land sie kennen. Er sagte, die Kirche freue sich über die Geburt des Jungen genauso wie die Eltern, und man müsse ihn vom Aberglauben fernhalten, das sei Teufelszeug und könne ihm in seinem Leben schaden. Für die Christenheit, fügte er hinzu, werde der Junge vielleicht einmal zu einem neuen Saulus.

»Ich will nur«, sagte der Vater, »dass er seinen Mann steht und einen guten Vorarbeiter abgibt.«

Die Jerónima lachte, um den Pfarrer zu ärgern. Dann sagte sie: »Der Junge wird sein, was er zu sein hat. Egal was, nur kein Pfarrer.«

Mosén Millán schaute sie irritiert an: »Wie grob du bist, Jerónima.«

In dem Moment kam jemand herein und fragte nach der Gesundbeterin. Kaum war die Jerónima gegangen, trat Mosén Millán an die Wiege des Kindes, hob das Kissen an und fand darunter, kreuzförmig übereinander, einen Nagel und einen kleinen Schlüssel. Er nahm sie an sich, gab sie dem Vater und sagte: »Da, sehen Sie?« Dann sprach er ein Gebet. Und sagte noch einmal, dass der kleine Paco, auch wenn er eines Tages Vorarbeiter auf dem Feld werde, ein geistiger Sohn von ihm sei, und er müsse für seine Seele sorgen. Natürlich wusste er, dass die Jerónima mit ihrem abergläubischen Unsinn keinen größeren Schaden anrichten konnte, aber Gutes tat sie auch nicht.

Jahre später – als aus dem kleinen Paquito ein Paco geworden war, als der Militärdienst an ihm vorbeiging, als er starb und auch jetzt, als Mosén Millán die Gedenkmesse zum Jahrestag lesen wollte – lebte die Jerónima noch immer, auch wenn sie nun schon so alt war, dass sie nur noch wirr redete und keiner sie mehr beachtete.

Erneut stand der Messdiener in der Tür, spähte immer wieder in den Kirchraum und sagte zum Pfarrer: »Noch ist niemand da.«

Der Priester hob die Augenbrauen und dachte: ›Ich verstehe das nicht.‹ Das ganze Dorf hatte Paco gemocht. Alle außer Don Gumersindo und Don Valeriano. Bei dem Herrn Cástulo Pérez wusste man es nicht so genau, der ließ niemanden in sein Herz blicken.

Auch der Messdiener war in Gedanken versunken, das Lied über Paco auf den Lippen:

Die Lichter zogen in die Berge,
die Schatten griffen nach den Steinen …

Mosén Millán schloss die Augen, wartete. Er dachte an Paco als Kind. Sie hatten einander immer gemocht. Kinder und Tiere mögen den, der sie mag.

Schon mit sechs Jahren büxte Paco von zu Hause aus und tat sich mit anderen Jungen zusammen. In den Küchen der Nachbarn ging er ein und aus. Die Leute auf dem Land halten sich an den alten Spruch: Dem Kind deines Nachbarn putz die Nase und nimm es auf in dein Haus. Wenig später kam Paco in die Schule. Das Haus des Pfarrers lag in der Nähe, und hin und wieder kam der Junge ihn besuchen. Dass er aus freien Stücken kam, rührte den Pfarrer. Er gab ihm bunte Heiligenbildchen.

Begegnete Paco dann auf der Straße dem Schuster, sagte der zu ihm: »Wie ich sehe, bist du ein guter Freund von Mosén Millán.«

»Sie nicht?«, fragte der Junge.

»Nun ja«, antwortete der Schuster ausweichend, »keiner auf der Welt macht sich so viel Arbeit damit, nicht zu arbeiten, wie die Pfarrer. Aber Mosén Millán ist ein Heiliger!«

In diese Worte legte er eine solch maßlose Verehrung, dass niemand auf den Gedanken gekommen wäre, er meine es ernst.

Mit der Zeit machte der kleine Paco seine eigenen Entdeckungen im Leben. Als er eines Tages ins Pfarrhaus kam, wechselte Mosén Millán gerade die Soutane, und als Paco sah, dass der Priester darunter Hosen anhatte, wunderte er sich sehr und wusste nicht, was er davon halten sollte.

Wenn Mosén Millán Pacos Vater traf, erkundigte er sich nach dem Jungen mit der schmeichelhaften Frage: »Und, was macht der Stammhalter?«

Pacos Vater hatte einen mageren, knurrigen Hund. Die Bauern behandeln ihre Hunde so gleichgültig wie grausam, was zweifellos der Grund dafür ist, dass die Tiere so an ihnen hängen. Manchmal begleitete der Hund den Jungen zur Schule. Er lief neben ihm her, zeigte weder Unterwürfigkeit noch Freude und beschützte ihn allein durch seine Anwesenheit.

In diesen Tagen bemühte Paco sich nach Kräften, den Hund davon zu überzeugen, dass die Katze im Haus ebenfalls ein Recht auf Leben hatte. Der Hund sah dies anders, und die arme Katze flüchtete sich auf die Felder. Als Paco sie holen wollte, sagte der Vater, das sei zwecklos, die wilden Tiere hätten sie bestimmt schon getötet. Tatsächlich dulden Eulen nicht, dass es auf den Feldern andere Tiere gibt, die in der Dunkelheit sehen können so wie sie. Sie jagten also die Katzen, töteten sie und fraßen sie auf. Seit er davon wusste, fürchtete Paco sich vor der Nacht und ihren Geheimnissen, und sobald er im Bett lag, spitzte er die Ohren und lauschte auf die Geräusche von draußen.

So wie die Nacht den Eulen gehörte, gehörte der Tag den Jungen, und mit sieben Jahren war Paco ein rechter Hitzkopf. Seine nächtlichen Sorgen und Ängste hinderten ihn nicht daran, sich zu balgen, wenn er aus der Schule kam.

Schon damals war er so etwas wie ein Ersatz- oder Aushilfsministrant. Unter den Schätzen, die die Dorfjungen ihr Eigen nannten, war ein alter Revolver, nur wollten alle ihn für sich haben, so dass er spätestens nach einer Woche den Besitzer wechselte. Wenn Paco ihn gerade hatte – weil er ihn bei einem Spiel gewonnen hatte oder hatte tauschen können –, trennte er sich nicht von ihm, selbst beim Ministrieren trug er ihn unter dem Chorhemd im Gürtel. Einmal, als er das Messbuch zum Altar brachte und niederkniete, rutschte die Waffe heraus und fiel mit Gepolter zu Boden. Für einen Moment lag sie dort, dann stürzten sich die beiden Messdiener darauf. Paco schubste den anderen beiseite und nahm den Revolver wieder an sich.

Er krempelte das Hemd hoch, steckte ihn sich in den Gürtel und antwortete dem Priester: *»Et cum spiritu tuo.«*

Nach der Messe stellte Mosén Millán Paco zur Rede, schimpfte mit ihm und verlangte die Aushändigung des Revolvers. Paco hatte ihn da längst hinter dem Altar versteckt. Mosén Millán durchsuchte den Jungen, fand aber nichts. Paco leugnete stur; nicht einmal sämtliche Henker der Inquisition hätten ihn von seinem Nein abbringen können.

Irgendwann gab Mosén Millán sich geschlagen, fragte aber trotzdem: »Wozu brauchst du den Revolver, Paco? Wen willst du töten?«

»Niemanden.«

Paco sagte, er trage ihn bei sich, um zu verhindern, dass andere Jungen, schlimmere als er, ihn benutzten. Die Ausrede verblüffte den Pfarrer.

Mosén Millán interessierte sich für Paco, weil die Eltern nicht sehr religiös waren. Wenn er den Sohn für den Glauben gewann, dachte der Priester, gewann er vielleicht die ganze Familie. Paco war sieben Jahre alt, als der Bischof kam und die Kinder im Dorf firmte. Die imposante Gestalt des Prälaten, eines alten Mannes mit weißem Haar und von großer Statur, beeindruckte Paco. Mit seiner Mitra, dem Mantel und dem goldenen Stab gab er dem Jungen eine ungefähre Vorstellung davon, wie Gott im Himmel aussehen musste. Nach der Firmung sprach der Bischof in der Sakristei mit Paco. Der Bischof nannte ihn *Wildfang*. Paco hatte das Wort noch nie gehört.

»Wer ist dieser kleine Wildfang?«, wollte der Bischof wissen.

»Paco. Gott und dem hochwürdigsten Herrn zu Diensten.«

So hatte man es ihm beigebracht. Und überaus wohlwollend fragte der Bischof: »Was willst du einmal werden? Pfarrer?«

»Nein, Herr.«

»General?«

»Nein, Herr, auch nicht. Ich will einmal ein Landmann sein, wie mein Vater.«

Der Bischof lachte.

Als Paco sah, welchen Anklang er fand, sprach er weiter: »Und drei Paar Maultiere haben, dann ziehe ich mit ihnen über die Hauptstraße und rufe: Scheeecke, Kapitäään, ho, Laahmar …!«

Mosén Millán erschrak, und mit einem Wink bedeutete er dem Jungen zu schweigen. Der Bischof lachte immer noch.

Alle waren vom Besuch des Bischofs so tief bewegt, dass Mosén Millán gleich begann, Paco und seine Altersgenossen auf die Erstkommunion vorzubereiten. Auch sagte er sich, dass es besser wäre, er würde zum Komplizen ihrer Bubenstreiche als zu ihrem Kritiker. Er wusste, dass Paco den Revolver hatte, doch das Thema sprach er nicht wieder an.

Paco stand mit beiden Beinen in seinem kleinen Leben. Der Schuster grinste manchmal, wenn er ihm begegnete – warum nur? –, und wenn der Arzt zu ihm nach Hause kam, sagte der: »Na, mein stolzer Cabarrús.«

Fast alle Nachbarn und Freunde der Familie wussten, dass Paco ein Geheimnis hütete: wussten von dem Revolver, von einer kaputten Fensterscheibe oder dass er mal in einem Garten eine Handvoll Kirschen geklaut hatte. Das größte Geheimnis aber sollte Mosén Millán kennen.

Einmal sprach der Pfarrer mit Paco über nicht ganz einfache Dinge, denn er brachte ihm bei, wie man sich, vom ersten bis zum zehnten Gebot, einer Gewissensprüfung unterzieht.

Beim sechsten Gebot zögerte der Priester, und schließlich sagte er: »Das kannst du überspringen, für solche Sünden bist du noch zu jung.«

Paco grübelte. Offenbar hatte das mit dieser Sache zwischen Mann und Frau zu tun.

Paco kam oft in die Kirche, ministrierte aber nur, wenn zwei Messdiener benötigt wurden. Während der Karwoche entdeckte er großartige Dinge. In diesen Tagen änderte sich im Innern der Kirche alles. Die Bilder wurden mit violetten Tüchern verhängt, selbst der Hochaltar verschwand hinter einem riesigen, malvenfarbenen Vorhang, und eines der Seitenschiffe verwandelte sich in einen seltsamen, geheimnisvollen Ort. Das war das *Heilige Grab*. Breite, mit schwarzem Teppich ausgelegte Stufen führten zu ihm hinauf.

Vor der Treppe, auf einem großen weißen Kissen aus Satin, lag ein eisernes Kruzifix, bedeckt mit einem violetten Tuch. So wie es über die vier Enden des Kreuzes hing, bildete es eine Raute. Darunter sah der behauene Sockel hervor. Die Gläubigen traten heran, knieten nieder und küssten ihn. Daneben stand ein großer Teller mit ein paar Silbermünzen und sehr viel mehr aus Kupfer. Für Paco war dieser stille und lichte Ort inmitten des Dunkels der Kirche – auf den Stufen überall Leuchter und brennende Kerzen – ein einziges Mysterium.

Unter dem Heiligen Grab, an einem unsichtbaren Ort, spielten zwei Männer auf Rohrflöten ein trauriges Lied. Es war eine kurze Melodie, den ganzen Tag erklang sie immer und immer wieder. Paco verspürte äußerst starke, widerstreitende Gefühle.

Am Gründonnerstag und am Karfreitag schwiegen die Glocken. Stattdessen waren die Klappern zu hören. Im Gewölbe des Glockenturms gab es zwei riesige hölzerne Walzen, beide mit einer Reihe von Hämmern. Wenn die Walzen sich drehten, schlugen die Hämmer auf das hohle Holz. Die ganze Maschinerie hing oberhalb der Glocken, die Achse verankert in zwei gegenüberliegenden Wänden des Turms und mit Pech geschmiert. Diese gewaltigen Klappern machten ein Geräusch wie von sich schüttelnden Knochen. Die Messdiener hatten zwei kleine Handklappern, und am Gründonnerstag ließen sie sie bei der Wandlung ertönen. Paco sah und hörte all das und staunte.

Keine Ruhe ließen ihm die Statuen zu beiden Seiten des Heiligen Grabs, das aussah wie das Innere einer riesigen Kamera mit ausgezogenem Balgen. Pacos Verwirrung rührte daher, dass er diese staubigen, nasenlosen Figuren aus einer Abstellkammer der Kirche kannte, wo sich altes Gerümpel stapelte. Dort fanden sich auch Christusbeine, von den Leibern abgetrennt, Statuen von nackten, leidenden Märtyrern, tränende Köpfe eines Ecce-Homo; an der Wand Schweißtücher der Veronika; dreibeinige Holzgestelle mit Frauenbüsten, die sich, bedeckt von einem kegelförmigen Umhang, in Unsere Liebe Frau der Verlassenen verwandelten.

Wenn Paco mit dem anderen Messdiener in der Kammer war, tat der, als wären die Figuren sein Spielzeug. Er setzte sich rittlings auf einen der Apostel und schlug ihm mit den Knöcheln auf den

Kopf, um zu sehen, sagte er, ob Mäuse darin waren; einem anderen steckte er ein gerolltes Papierchen in den Mund, als würde er rauchen, und dem heiligen Sebastian zog er die Pfeile aus der Brust, nur um sie grausam wieder hineinzustoßen. In einer Ecke stand der Katafalk für die Exequien. Die schwarzen Tücher, die ihn bedeckten, waren voller Wachstropfen und zeigten auf allen vier Seiten einen Totenschädel und zwei gekreuzte Schienbeine. Der andere Ministrant versteckte sich manchmal darunter und sang respektlose Sachen.

Am Karsamstag kamen die Jungen morgens mit kleinen Holzhämmern zur Kirche, die sie das ganze Jahr dafür aufbewahrt hatten. Mit ihnen wollten sie – wer hätte das gedacht – Juden töten. Um zu verhindern, dass sie die Bänke zerstörten, ließ Mosén Millán am Tag zuvor beim Vorhof der Kirche drei lange Balken auslegen. Angeblich waren die Juden dort drinnen, was für die kindliche Phantasie nicht allzu schwer nachzuvollziehen war. Die Jungen setzten sich hinter die Balken und warteten. Sobald der Pfarrer bei der Messe das Wort *resurrexit* sagte, begannen sie zu hämmern und veranstalteten ein ungeheures Getöse, das andauerte bis zum Halleluja und dem ersten Läuten der Glocken.

Nach der Semana Santa fühlte sich Paco wie von

einer Krankheit geheilt. Die Gottesdienste waren beeindruckend gewesen, und sie hatten seltsame Namen wie *Rumpelmette,* dann die Predigt über *die sieben letzten Worte,* den *Judaskuss,* den *zerrissenen Vorhang.* Die Osternacht war wie die Rückeroberung des Lichts und der Freude. Während im Kirchturm – nach dreitägigem Schweigen – die Glocken wieder läuteten, sammelte die Jerónima im Flussbett kleine Kiesel. Wenn man sie in den Mund legte, sagte sie, linderten sie Zahnweh.

Zusammen mit den Jungen, die sich ebenfalls auf die Erstkommunion vorbereiteten, kam Paco zum Haus des Pfarrers. Der unterwies sie und riet ihnen, in diesen Tagen keinen Unsinn zu treiben. Sie sollten nicht raufen und auch nicht zum öffentlichen Waschplatz gehen, wo die Frauen sich allzu freizügig unterhielten.

Doch dies stachelte die Neugier der Jungen nur an, und wenn sie am Waschplatz vorbeikamen, spitzten sie erst recht die Ohren. Sprachen sie untereinander von der Kommunion, malten sie sich die unglaublichsten Gefahren aus, sagten, beim Empfang des Abendmahls müsse man den Mund weit aufmachen, denn wenn die Hostie die Zähne berühre, falle der Kommunikant tot um und komme direkt in die Hölle.

Eines Tages bat Mosén Millán Paco, er möge ihn

begleiten, um einem Schwerkranken die Letzte Ölung zu spenden. Sie gingen hinaus aus dem Dorf, dorthin, wo es keine Häuser mehr gab und die Menschen in Höhlen lebten, die man in den Fels gehauen hatte. Der Eingang war eine rechteckige Öffnung, der Rand ringsum weiß getüncht.

Paco trug über der Schulter einen samtenen Beutel mit allem, was für die Liturgie notwendig war. Als sie die Höhle betraten, setzten sie vorsichtig einen Fuß vor den anderen. Im Inneren waren zwei Räume, der Boden aus holprigen Steinplatten. Es dämmerte bereits, im ersten Raum war kein Licht. Im zweiten war nur ein Öllämpchen zu sehen. Eine alte Frau, gekleidet in Lumpen, empfing sie mit einem brennenden Kerzenstumpf. Die Felsdecke war recht niedrig, doch obwohl man aufrecht stehen konnte, hielt der Pfarrer den Kopf eingezogen. Zur Belüftung gab es nur den Eingang vorn. Die Augen der alten Frau waren trocken, aus ihrem Gesicht sprach Erschöpfung und kaltes Entsetzen.

In einer Ecke stand eine Bretterpritsche, darauf lag der Kranke. Der Pfarrer sagte nichts, die Frau auch kein Wort. Nur ein regelmäßiges, dumpfes Rasseln war zu hören, das aus der Brust des Mannes drang. Paco öffnete den Beutel, und der Priester nahm, nachdem er sich die Stola umgelegt hatte, ein wenig von dem Werg heraus und ein kleines

Gefäß mit Öl, dann betete er auf Latein. Die alte Frau hörte zu, den Blick zu Boden gesenkt, den Kerzenstumpf in der Hand. Der Umriss des Kranken – der die Brust weit gehoben hatte und den Kopf auf den Brettern hielt – zeichnete sich an der Wand ab, und das kleinste Flackern der Kerze versetzte den Schatten in Bewegung.

Der Priester deckte die Füße des Kranken auf. Sie waren groß, spröde, rissig. Füße eines Landarbeiters. Dann trat er ans Kopfende. Man sah, dass der Sterbende alle ihm verbliebene Kraft in dieses schreckliche Geschäft des Atmens legte. Das Röcheln wurde nun schneller, rasselnder noch. Ein paar Fliegen, die über dem Gesicht des Kranken hin und her flogen, schimmerten metallisch im Licht der Kerze. Mosén Millán salbte die Augen, die Nase, die Füße. Der Kranke merkte es nicht.

Als der Priester die Letzte Ölung gespendet hatte, sagte er zu der Frau: »Gott nehme ihn auf in sein Reich.«

Die alte Frau schwieg. Immer wieder zitterte ihr Kinn, der Kieferknochen stach unter der Haut hervor. Paco schaute sich noch einmal um. Kein Licht, kein Wasser, kein Feuer.

Mosén Millán hatte es eilig hinauszukommen, aber er ließ es sich nicht anmerken, eine solche Eile schien ihm wenig christlich zu sein. Als sie schließlich gingen, begleitete die Frau sie mit der brennenden Kerze zum Ausgang. Andere Möbelstücke waren nicht zu sehen, nur ein wackliger Stuhl an der Wand. In dem vorderen Raum lagen, in einer Ecke auf dem Boden, drei rußige Steine und ein bisschen kalte Asche. An einem in die Wand geschlagenen Pflock hing eine alte Jacke. Der Priester wollte offenbar noch etwas sagen, schwieg aber. Sie gingen hinaus. Es war schon dunkel, am Himmel standen die Sterne. Paco fragte: »Die Leute sind arm, nicht wahr, Mosén Millán?«

»Ja, mein Sohn.«

»Sehr arm?«

»Sehr arm.«

»Die ärmsten im Dorf?«

»Wer weiß, aber es gibt Schlimmeres als die Armut. Arm dran sind sie aus anderen Gründen.«

Der Messdiener merkte, wie ungern der Priester antwortete.

»Warum?«, fragte er.

»Sie haben einen Sohn, der ihnen helfen könnte. Aber der ist, wie ich höre, im Gefängnis.«

»Hat er jemanden umgebracht?«

»Ich weiß es nicht, aber es würde mich nicht wundern.«

Sie liefen über Stock und Stein, doch Paco ging der Kranke nicht aus dem Kopf. Er konnte unmöglich schweigen: »Er stirbt, weil er keine Luft bekommt. Und wir? Gehen einfach, und er bleibt allein zurück.«

Sie gingen weiter. Mosén Millán machte einen erschöpften Eindruck.

»Na ja«, sagte Paco, »seine Frau ist bei ihm. Zum Glück.«

Bis zu den ersten Häusern war es ein ordentliches Stück Weg. Mosén Millán sagte dem Jungen, sein Mitleid ehre ihn, er habe ein gutes Herz. Der Junge fragte noch, ob niemand zu den Leuten gehe, weil sie arm seien oder weil ein Sohn von ihnen im Gefängnis sitze, und Mosén Millán, der das Gespräch beenden wollte, versicherte ihm, dass der Kranke jeden Augenblick sterbe und in den Himmel komme, dort sei er dann glücklich.

Der Junge schaute zu den Sternen auf. »Ihr Sohn kann gar nicht so böse sein, Pater Millán.«

»Wieso?«

»Wenn er böse wäre, hätten seine Eltern Geld. Er würde stehlen.«

Der Pfarrer schwieg lieber. Sie gingen weiter.

Paco war glücklich an seiner Seite. Dass er ein Freund des Pfarrers war, verschaffte ihm Ansehen, auch wenn er nicht sagen konnte, worin es sich ausdrückte.

Auf ihrem Weg sprachen sie nicht noch einmal,

doch als sie zur Kirche kamen, fragte Paco erneut: »Warum geht niemand zu ihm, Mosén Millán?«

»Kommt es darauf an, Paco? Wer stirbt, ob reich oder arm, ist immer allein, auch wenn andere bei ihm sind. So ist das Leben, und Gott, der es geschaffen hat, weiß, warum.«

Paco musste daran denken, dass der Kranke nichts gesagt hatte. Die Frau auch nicht. Außerdem hatte er richtige Holzfüße, genau wie die zerbrochenen Kruzifixe in der Abstellkammer.

Der Priester räumte den Beutel mit dem Salböl wieder ein. Paco sagte, er würde den Nachbarn Bescheid sagen, damit sie den Kranken besuchten und seiner Frau halfen. Er würde sagen, er käme von Mosén Millán, dann würde niemand sich weigern. Der Pfarrer machte ihm klar, das Beste, was er tun könne, sei, nach Hause zu gehen. Wenn Gott die Armut und den Schmerz dulde, habe das seinen Grund.

»Was kannst du daran ändern?«, sagte er noch. »Die Höhlen, die du gesehen hast, sind elende Behausungen, aber in anderen Dörfern gibt es schlimmere.«

Paco wollte ihm glauben und ging nach Hause, doch beim Abendessen sprach er ein paarmal von dem Sterbenden und sagte, in diesem Loch hätten sie nicht mal ein wenig Brennholz, um Feuer zu machen. Die Eltern schwiegen. Die Mutter ging hinaus, kam wieder. Paco sagte, der arme Mann, der dort sterbe, habe nicht mal eine Matratze, er liege auf Brettern. Der Vater hörte auf, das Brot zu schneiden, und schaute ihn an.

»Das war das letzte Mal«, sagte er, »dass du mit Mosén Millán irgendwem die Letzte Ölung gespendet hast.«

Der Junge erzählte weiter, dass der Kranke einen Sohn habe, der im Gefängnis sitze, aber das sei nicht die Schuld des Vaters.

»Und die Schuld des Sohns auch nicht.«

Paco wartete darauf, dass sein Vater noch etwas sagte, aber der sprach lieber von anderen Dingen.

Wie in allen Dörfern gab es in der Umgebung einen Ort, den die Bewohner *Sonnenplatz* nannten, am Fuß aufragender Felsen, die nach Süden zeigten und wo es im Winter warm war und im Sommer kühl. Dorthin kamen die ärmsten – meist schon älteren – Frauen und nähten, spannen, unterhielten sich über das, was in der Welt geschah.

Im Winter war der Ort sehr belebt. Die eine oder andere alte Frau kämmte ihre Enkelin. Die Jerónima war am Sonnenplatz immer fröhlich, und ihre Fröhlichkeit steckte die anderen an. Manchmal, wenn am Sonnenplatz Langeweile aufkam, fing sie mir nichts, dir nichts an zu tanzen, ganz allein und zu den Glocken der Kirche.

Sie war es auch, die den anderen von Pacos Mitleid mit der Familie des Sterbenden erzählte und von Mosén Milláns Weigerung, ihnen zu helfen – dies sehr übertrieben, damit es umso eindrucksvoller wirkte –, auch von dem Verbot des Vaters gegenüber dem Jungen. Demnach hätte der Vater zu Mosén Millán gesagt: »Für wen halten Sie sich, den Jungen zu einer Letzten Ölung mitzunehmen?«

Das war gelogen, aber am Sonnenplatz glaubten sie alles, was die Jerónima sagte. Von vielen Leuten sprach sie mit großem Respekt, nicht aber von Don Valeriano und Don Gumersindo und ihren Familien.

Dreiundzwanzig Jahre später erinnerte sich Mosén Millán an all das, und er seufzte unter seinen Gewändern, den Kopf an die Wand gelehnt – an die Stelle mit dem dunklen Fleck –, während er darauf wartete, dass er mit der Messe beginnen konnte. Ihr Besuch in der Höhle, dachte er, war für Paco ein Erlebnis gewesen, das nicht ohne Folgen blieb. ›Und er ist mitgegangen. Ich habe ihn mitgenommen‹, sagte er sich betreten.

Der Messdiener kam in die Sakristei: »Noch ist niemand gekommen, Mosén Millán.«

Er wiederholte es, denn der Pfarrer hatte die Augen geschlossen und schien ihn nicht zu hören. Und still für sich sang der Messdiener, so wie sie ihm einfielen, weitere Verse des Lieds:

> In den Bergen suchten sie,
> haben Paco nicht gefunden;
> seine Witterung aufzunehmen,
> kamen sie ins Haus mit Hunden;
> schon schnuppern sie an seinen Kleidern,
> schnüffeln an den alten Schuhen.

Die Glocken läuteten noch immer. Mosén Millán sah Paco wieder vor sich. ›Als wäre seine Erstkommunion erst gestern gewesen.‹ Der Junge war dann gewachsen, und drei, vier Jahre später war er schon fast so groß wie sein Vater. Die Leute, die ihn Paquito genannt hatten, nannten ihn nun Paco el del Molino – den Paco von der Mühle. Der Urgroßvater hatte eine Mühle gehabt, sie war nicht mehr in Betrieb und wurde von der Familie als Kornspeicher genutzt. Dort gab es auch eine kleine Ziegenherde. Einmal, als die Ziegen Junge bekommen hatten, brachte Paco Mosén Millán ein Zicklein, das dann im Pfarrgarten herumsprang.

Nach und nach ging der Junge auf Abstand zu Mosén Millán. Nur selten begegneten sie sich auf der Straße, und Paco hatte keine Zeit mehr, den

Pfarrer eigens zu besuchen. Sonntags kam er zur Messe – im Sommer fehlte er auch mal –, und zu Ostern ging er zur Beichte und zur Kommunion, jedes Jahr.

Der Bart war ihm noch nicht gewachsen, und doch tat er wie die Großen. Er ging nicht nur ungeniert zum Waschplatz und lauschte den Gesprächen der Mädchen, sondern wusste auch zu parieren, wenn die ihm derb oder schlüpfrig kamen. Der Ort, wo die Mädchen die Wäsche wuschen, hieß Wasserplatz, und es war tatsächlich ein stattlicher Platz, der zu zwei Dritteln aus einem recht tiefen Becken bestand. An heißen Sommerabenden schwammen ein paar Jugendliche dort splitternackt. Die Wäscherinnen flatterten empört, aber sie taten nur so. Ihre Schreie, ihr Lachen und die Worte, die sie mit den Burschen wechselten, während hoch auf dem Kirchturm die Störche klapperten, zeugten von einer ursprünglichen Freude.

Auch Paco del Molino ging eines Tages dorthin, um zu schwimmen. Mehr als zwei Stunden lang stellte er sich unter den Scherzen der Wäscherinnen fröhlich zur Schau. Sie provozierten ihn, warfen ihm, um ihm zu schmeicheln, Schimpfwörter an den Kopf, wie die Frauen sie kennen, und führten ihn auf diese Weise ein in das Leben eines Junggesellen. Von da an ließen seine Eltern ihn abends aus dem Haus gehen und zurückkommen, wenn sie schon im Bett lagen.

Manchmal sprach Paco mit seinem Vater über die finanziellen Angelegenheiten der Familie. Dabei kam das Gespräch eines Tages auf ein so gewichtiges Thema wie die Pacht der Weideplätze in den Bergen und was diese Pacht kostete. Jedes Jahr zahlten sie eine bestimmte Summe an einen alten Herzog, der noch nie im Dorf gewesen war und der diese Zahlungen von den Bauern aus fünf benachbarten Dörfern erhielt. In Pacos Augen war das nicht recht und billig.

»Ob recht und billig oder nicht, das frag Mosén Millán, der ist ein Freund von Don Valeriano, dem Verwalter des Herzogs. Du wirst schon sehen, was es bringt.«

In aller Unschuld fragte Paco den Pfarrer, und der sagte: »Was kümmert dich das, Paco!«

Paco gab sich einen Ruck und sagte – er hatte es von seinem Vater gehört –, dass es im Dorf Menschen gebe, die schlimmer lebten als die Tiere, und dass man etwas tun könne gegen dieses Elend.

»Welches Elend?«, sagte Mosén Millán. »Woanders ist das Elend größer als hier.«

Und er wies ihn grob zurecht, weil er zum Wasserplatz gehe und vor den Augen der Wäscherinnen schwimme. Darauf sagte der Junge nichts mehr.

Mit der Zeit wurde Paco zu einem ernsthaften und tüchtigen jungen Mann. Sonntagabends ging er, in neuer Cordhose, weißem Hemd und Weste mit Ranken- und Blumenmuster, *birlas* spielen (ein Kegelspiel). Vom Pfarrhaus aus hörte Mosén Millán, der in seinem Brevier las, den Lärm der aneinanderstoßenden Kegel und das Klimpern der Kupfermünzen, die die wettenden jungen Männer auf den Boden warfen. Manchmal trat er auf den Balkon hinaus. Er registrierte, wie groß Paco geworden war, und sagte sich: ›Sieh an. Dabei ist mir, als hätte ich ihn erst gestern getauft.‹

Betrübt dachte der Pfarrer, dass die Kinder sich, wenn sie größer wurden, von der Kirche abwandten. Doch im Alter, im Angesicht des Todes, näherten sie sich ihr wieder an. Bei Paco war der Tod sehr viel früher gekommen als das Alter, sagte sich Mosén Millán in seiner Sakristei, tief in Gedanken versunken, während er darauf wartete, mit der Messe zu beginnen. Im Turm läuteten noch immer die Glocken.

Auf einmal sagte der Messdiener: »Mosén Millán, Don Valeriano ist eben in die Kirche gekommen.«

Der Pfarrer hielt die Augen geschlossen, den Kopf an die Wand gelehnt. Der Messdiener musste weiter an das Lied denken:

… dort oben auf der Weide fanden
sie den Paco von der Mühle;
ergib dich, dass der Richter spreche,
wir töten dich sonst auf der Stelle.

Aber Don Valeriano schaute schon zur Sakristei herein. »Wenn Sie gestatten«, sagte er. Don Valeriano war gekleidet wie die Herren aus der Stadt, nur dass er an seiner Weste mehr Knöpfe als üblich trug, außerdem eine schwere goldene Kette mit verschiedenen Anhängern, die beim Gehen klirrten. Don Valeriano hatte eine niedrige Stirn und scheue Augen. Der Schnurrbart hing ihm seitlich über die Mundwinkel herab. Wenn er davon sprach, Geld zu geben, benutzte er das Wort Zahlbetrag, es erschien ihm vornehmer. Als er sah, dass Mosén Millán die Augen geschlossen hielt und ihn nicht beachtete, setzte er sich und sagte: »Mosén Millán, letzten Sonntag sagten Sie auf der Kanzel, man müsse vergessen. Vergessen ist nicht einfach, aber hier bin ich, als Erster.«

Der Pfarrer nickte, ohne die Augen aufzuschlagen.

Don Valeriano legte seinen Hut auf einem Stuhl ab und sprach weiter: »Ich zahle die Messe, wenn nichts dagegen spricht. Sagen Sie mir, was es kostet, und einverstanden.«

Der Pfarrer schüttelte den Kopf, hielt die Augen weiter geschlossen. Er musste daran denken, dass Don Valeriano zu denen gehörte, die den größten Anteil hatten an Pacos bedauerlichem Ende. Er war der Verwalter des Herzogs, außerdem besaß er eigenes Land.

Selbstgefällig, so wie immer, hob Don Valeriano wieder an: »Ich sage ja, wer will schon nachtragend sein. Da bin ich ganz wie mein verstorbener Vater.«

In der Erinnerung hörte Mosén Millán Pacos Stimme. Er dachte an den Tag seiner Hochzeit. Paco hatte nicht unbesonnen geheiratet, so wie andere junge Männer, in einem Ausbruch jugendlichen Verlangens. Alles ging Schritt für Schritt seinen Weg, wohlüberlegt. Auch machte Pacos Familie sich Sorgen wegen der Einberufung. Die Aussicht, dass er, wenn er eine niedrige Losnummer zog, zum Militärdienst musste, brachte alle um den Schlaf. Pacos Mutter sprach mit dem Pfarrer, und der riet ihr, zu Gott zu beten und sich seinen Beistand durch fromme Werke zu verdienen.

Die Mutter schlug ihrem Sohn vor, am Karfreitag in der Prozession mitzugehen, barfuß und im Büßergewand, so wie andere auch, und sich zwei Ketten an die Knöchel zu binden. Paco weigerte sich. Solche Büßer hatte er aus früheren Jahren noch vor Augen. Die Ketten, die an ihren Füßen hingen, waren mindestens sechs Meter lang und schleiften mit einem schrecklichen Rasseln oder dumpfen Grollen über die Steinplatten und die harte Erde. Einige büßten auf diese Weise wer weiß welche Sünden, und weil der Pfarrer es ihnen auferlegt hatte, ließen sie das Gesicht unbedeckt, damit alle sie sahen. Andere wollten lediglich um irgendeine Gabe bitten und verhüllten es lieber.

Wenn die Prozession dann in der Dämmerung wieder bei der Kirche eintraf, bluteten die Büßer an den Knöcheln, und mit jedem Schritt, den sie vor den anderen setzten, zerrten sie die andere Körperseite herbei und beugten sich vor wie müde Tiere. Die Gesänge der frommen Frauen, die sich über diesem eisernen Rasseln erhoben, schufen einen höchst seltsamen Kontrast. Und wenn die Büßer in die Kirche einzogen, hallte der Lärm der Ketten unter den Gewölben noch lauter wider, begleitet von den Klappern im Turm.

Paco erinnerte sich, dass die älteren unter den Büßern ihre Gesichter immer offen zeigten. Wenn die Klatschweiber sie vorbeikommen sahen, tuschelten sie die unglaublichsten Sachen.

»Sieh mal«, sagte die Jerónima. »Da kommt der Juan aus der Santa-Ana-Gasse, der die Witwe des Schneiders bestohlen hat.«

Der Büßer schwitzte und schleifte seine Ketten hinter sich her.

Andere Frauen hielten sich die Hand vor den Mund und flüsterten: »Der da, der Juan von der Kuhwiese, der hat doch seiner Mutter Quecksilber ins Essen gemischt, um sie zu beerben.«

Pacos Vater hatte, so wenig religiös er selber war, beschlossen, mit Ketten an den Knöcheln in der Prozession mitzugehen. Er zog das schwarze Gewand und die Kapuze über und band sich die weiße Kordel um die Taille.

Mosén Millán war das unbegreiflich, und er sagte zu Paco: »Das ist kein großes Verdienst, was dein Vater da macht. Er tut es ja nur, um nicht einen Vorarbeiter beschäftigen zu müssen, falls du zum Militär musst.«

Paco erzählte dies Wort für Wort seinem Vater.

Der behandelte noch mit Salz und Essig die Wunden an seinen Knöcheln und rief: »Offenbar redet Mosén Millán zu viel.«

Wie auch immer es kam, Tatsache war, dass Paco beim Auslosen eine der höchsten Zahlen zog, und zu Hause war die Freude grenzenlos. Draußen durften sie es sich nicht anmerken lassen, um nicht diejenigen vor den Kopf zu stoßen, die niedrige Zahlen gezogen hatten.

Was Pacos Braut in den Augen der Dorfbewohner auszeichnete, war ihr Fleiß und ihre zupackende Art. Bevor die beiden sich verlobten, war Paco zwei Jahre lang jeden Tag, wenn er aufs Feld ging, am Haus des Mädchens vorbeigegangen. Und auch wenn der Morgen kaum angebrochen war, hing die Bettwäsche schon in den Fenstern, und die Straße war nicht nur gekehrt und sauber, sondern im Sommer auch frisch gesprengt. Manchmal sah Paco das Mädchen sogar. Er grüßte sie im Vorübergehen, und sie grüßte zurück. Mit der Zeit wurde die Begrüßung ein wenig herzlicher. Dann wechselten sie ein paar Worte über Dinge, über die man auf dem Land so spricht.

Im Februar zum Beispiel fragte sie: »Hast du schon die Haubenlerchen gesehen?«

»Nein, aber sie kommen bestimmt bald«, antwortete Paco, »der Ginster fängt ja schon an zu blühen.«

Vor lauter Angst, sie könnte, wenn er sich dem Haus näherte, nicht an der Tür oder am Fenster stehen, trieb er auch schon mal die Maultiere brüllend vor sich her, und wenn das nichts half, sang er. Nach anderthalb Jahren schaute das Mädchen – Águeda, so hieß sie – ihm bereits in die Augen und lächelte ihn an. Wenn im Dorf Tanz war, ging sie mit ihrer Mutter hin und tanzte nur mit Paco.

Später kam es zu einem recht aufsehenerregenden Zwischenfall. Der Bürgermeister hatte eines Tages verboten, nachts durchs Dorf zu ziehen, da es drei rivalisierende Gruppen von jungen Männern gab, die den Mädchen Ständchen brachten, Zusammenstöße waren nicht auszuschließen. Trotz des Verbots zog Paco mit seinen Freunden los. Zwei Polizisten der Guardia Civil lösten die Gruppe auf und verhafteten ihn. Sie wollten ihn mitnehmen *zur Übernachtung im Gefängnis,* doch Paco griff nach den Gewehren der beiden und entriss sie ihnen. Nie hätten die Guardias damit gerechnet, dass Paco – ein Freund von ihnen – auf so eine Idee gekommen wäre. Paco ging mit den beiden Gewehren nach Hause. Am nächsten Tag wusste das ganze Dorf, was passiert war, und Mosén Millán ging zu dem jungen Mann und sagte ihm, dass dies eine ernste Sache sei, schlimm nicht nur für ihn, sondern für alle Bewohner.

»Warum?«, fragte Paco.

In einem anderen Dorf hatte es, wie Mosén Millán sich erinnerte, einen ähnlichen Fall gegeben, und die Regierung hatte der Gemeinde auferlegt, zehn Jahre lang auf die Guardia Civil zu verzichten.

»Kannst du dir das vorstellen?«, sagte der Pfarrer erschrocken.

»Und wenn schon, dann haben wir eben keine Polizei.«

»Sei kein Narr.«

»Ich sage nur, was ich denke, Mosén Millán.«

»Und du glaubst, ohne Guardia Civil hätte man die Leute im Griff? Es gibt viel Schlechtigkeit in der Welt.«

»Das glaube ich nicht.«

»Und die Leute in den Höhlen?«

»Statt auf die Polizei zu setzen, könnte man die Höhlen abschaffen, Mosén Millán.«

»Träumer. Ein Träumer bist du.«

Der Bürgermeister erschien und nahm Paco unter Scherzen und Vorwürfen die Gewehre ab, dann wuchs Gras über die Sache. Durch diesen Zwischenfall erwarb sich Paco den Ruf eines recht verwegenen Burschen. Águeda gefiel es, aber es verunsicherte sie auch, machte ihr Angst.

Schließlich versprachen Águeda und Paco einander die Ehe. Die Braut war resoluter als ihre Schwiegermutter, und so bescheiden und respektvoll sie sich auch gab, verstanden die beiden sich nicht gut.

Pacos Mutter sagte immer: »Ein stilles Wasser. Pass auf, mein Junge, stille Wasser sind tief.«

Doch Paco schlug ihre Worte in den Wind. Die Eifersucht der Mütter. Wie alle Verehrer strich er nachts ums Haus der Braut, und in der Johannisnacht schmückte er die Fenster, die Tür, das Dach und selbst den Schornstein mit Blumen und grünen Zweigen.

Die Hochzeit war genau so, wie alle es erwartet hatten. Mit Festessen, Musik und Tanz. Schon vor der Feier waren viele weiße Hemden voller Flecken, da die Bauern es nicht lassen konnten, aus dem Weinschlauch zu trinken. Die Ehefrauen protestierten, und die Männer sagten lachend, die Hemden müssten ordentlich getränkt werden, dann könne man sie nachher den Armen schenken. Indem sie dies sagten – den Armen schenken –, wollten sie sich weismachen, sie selber seien keine.

Bei der Trauung wandte Mosén Millán sich mit einer kurzen Predigt an das Hochzeitspaar. Er erinnerte Paco daran, dass er ihn getauft und gefirmt hatte, auch die erste heilige Kommunion hatte Paco von ihm empfangen. Da er wusste, dass die Brautleute in religiösen Dingen zu den Lauen gehörten, rief er ihnen zudem ins Gedächtnis, dass die Kirche die gemeinsame Mutter aller sei und Quell nicht nur des irdischen, sondern auch des ewigen Lebens. Wie immer bei Hochzeiten weinten ein paar Frauen und schneuzten sich heftig.

Mosén Millán sagte noch eine Reihe weiterer Dinge und zum Schluss: »Als einfacher Diener des Herrn habe ich eure Wiege gesegnet, segne nun euer Hochzeitsbett«, in die Luft zeichnete er das

Kreuz, »und werde euer Sterbelager segnen, wenn Gott es so will. *In nomine Patris et Filii ...*«

Die Erwähnung des Sterbelagers erschien Paco fehl am Platz. Er musste an das Röcheln des armen Mannes denken, dem er als Kind die Letzte Ölung gebracht hatte. (Ein anderes Sterbelager hatte er nie gesehen.) Aber wer wollte an diesem Tag schon traurig sein.

Als sie nach dem Gottesdienst hinausgingen, erwartete sie vor der Kirche ein Dutzend Musikanten mit Gitarren, Bandurrias, Requintos, Triangeln und Tamburinen, die sie gleich ausgelassen spielten. Im Turm läutete die kleinste Glocke.

Ein Mädchen, das die Hochzeitsgesellschaft vorbeikommen sah, sagte, einen Krug in die Hüfte gestemmt: »Alle heiraten, und ich, was ist mit mir!«

Das Gefolge zog zum Haus des Bräutigams. Mutter und Schwiegermutter schluchzten noch immer. Mosén Millán legte rasch in der Sakristei das Messgewand ab, um sich der Gesellschaft anzuschließen. Unterwegs traf er den Schuster im schmucken Anzug. Der Schuster war eher klein und hatte, wie fast alle seines Berufs, breite Hüften. Mosén Millán, der jedermann duzte, siezte ihn. Und fragte, ob er im Hause Gottes gewesen sei.

»Sehen Sie, Mosén Millán, wenn es wirklich das

Haus Gottes ist, habe ich es nicht verdient, dort einzutreten. Und wenn es das nicht ist, wozu?«

Bevor der Schuster weiterging, erlaubte er sich noch, dem Pfarrer etwas wahrlich Unerhörtes mitzuteilen: Aus zuverlässiger Quelle wisse er, sagte er, dass in Madrid der König wanke, und werde er gestürzt, komme so manches mit ihm zu Fall. Da der Mann nach Wein roch, gab der Pfarrer nicht viel darauf. Doch seltsam fröhlich fügte der Schuster noch hinzu: »Für Madrid sieht es düster aus, Herr Pfarrer.«

Da mochte etwas Wahres dran sein, dachte Mosén Millán, doch der Schuster redete viel, wenn der Tag lang war. Nur einer konnte es darin mit ihm aufnehmen: die Jerónima.

Der Schuster war wie ein alter Kater, niemandes Freund und niemandes Feind, auch wenn er mit jedem sprach. Mosén Millán erinnerte sich, dass die Zeitung der Provinzhauptstadt aus ihrer Besorgnis angesichts des Geschehens in Madrid keinen Hehl gemacht hatte. Er selber hatte nicht gewusst, was er davon halten sollte.

Der Pfarrer betrachtete das festliche Brautpaar, das lärmende junge Volk und die alten Leutchen mit ihrer verhaltenen Fröhlichkeit. Doch immer musste er an die Worte des Schusters denken. Der hatte, wie er sagte, den Anzug hervorgeholt, den er bei seiner eigenen Hochzeit getragen hatte, deshalb roch er auch nach Kampfer. Ein halbes Dutzend Gäste hatten sich um ihn geschart, niemand stand der Pfarrgemeinde so fern wie sie. Bestimmt erzählte er ihnen vom bevorstehenden Sturz des Königs und dass es für Madrid *düster aussehe*.

Wein wurde hereingebracht. Auf einem Tisch standen, um den Appetit anzuregen, marinierte Paprika, Hühnerleber und in Essig eingelegte Radieschen. Der Schuster bediente sich und musterte die Weinflaschen.

Die Mutter des Bräutigams deutete auf eine und sagte: »Das ist einer von den kratzigen.«

Gegessen wurde im Zimmer nebenan. In der Küche zog die Jerónima ihr rheumatisches Bein nach.

Sie war schon alt, wusste die jungen Leute aber zum Lachen zu bringen: »Ich soll in der Küche bleiben«, sagte sie, »weil sie Angst haben, der Wein würde von meinem Atem sauer. Aber sei's drum. Das Beste gibt es in der Küche. Auch ich verstehe was vom Leben. Geheiratet habe ich nicht, aber hinter der Kirche hatte ich alle Männer, nach denen mir der Sinn stand. Ledig, jawohl, aber den Schlüssel fand im Katzenloch, wer auf die Matratze kroch.«

Die Mädchen lachten empört.

Der Herr Cástulo Pérez kam herein. Sein Besuch

erregte Aufsehen, denn mit ihm hatte niemand gerechnet. Er hatte zwei Porzellanvasen unterm Arm, eingeschlagen in Papier und sorgsam verschnürt mit einem Band. »Ich weiß nicht, was das ist«, sagte er und gab die Vasen der Brautmutter. »So etwas besorgt die Frau im Haus.« Als er den Pfarrer sah, trat er zu ihm: »Mosén Millán, wie es scheint, wendet sich in Madrid gerade das Blatt.«

Beim Schuster waren Zweifel angebracht, doch wenn es vom Herrn Cástulo kam, musste etwas dran sein. Und der, ein vorsichtiger Mensch, suchte offenbar die Nähe von Paco del Molino. Warum nur? Der Pfarrer hatte von Wahlen gehört.

Auf Mosén Millåns Fragen antwortete Cástulo ausweichend: »Ein Gerücht, das umgeht.« Und zum Vater des Bräutigams gewandt, rief er fröhlich: »Worauf es ankommt, ist nicht, ob ein König eingesetzt oder abgesetzt wird, sondern dass man weiß, ob der Tau dem Weinstock zu trinken gibt. Wer's nicht glaubt, frage Paco.«

»Als würde Paco sich an einem Tag wie heute für die Weinstöcke interessieren«, rief jemand.

Der Herr Cástulo mochte eine schlichte Erscheinung sein, aber er war ein entschlossener Mann. Schon sein kalter, prüfender Blick sagte dies. Wenn er den Pfarrer ansprach, leitete er es, bevor er zum Eigentlichen kam, immer so ein: »Mit allem gebotenen Respekt …« Doch von Respekt konnte kaum die Rede sein.

Weitere Leute kamen, offenbar war die Gesellschaft nun vollzählig.

Wie von selbst hatten die Gäste nach ihrem gesellschaftlichen Rang Aufstellung genommen und bildeten so, alle außer dem Priester, die Wände entlang eine Reihe. Das Ansehen eines jeden – je nach Eigentum, das er besaß – bestimmte den Abstand zur Stirnseite des Raums, wo zwei Schaukelstühle standen und eine Vitrine mit bestickten Seidentüchern und Perlmuttfächern, auf die die Familie sehr stolz war.

In einem der Schaukelstühle saß Mosén Millán. Das Brautpaar, neben ihm, nahm Glückwünsche entgegen und verhandelte mit dem Besitzer des einzigen Mietautos im Ort über den Fahrpreis zum Bahnhof. Der Besitzer, der auch die Post ausfuhr, sagte, es sei ihm verboten, mehr als zwei Personen gleichzeitig zu befördern, und einer Person habe er bereits zugesagt, es wären also drei, wenn er das Brautpaar mitnähme. Der Herr Cástulo schaltete sich ein und bot an, die beiden in seinem Wagen zu fahren. Als der Pfarrer dies hörte, merkte er auf. Er mochte nicht glauben, dass Cástulo der Familie so nahestand.

Die Jerónima ließ dem Schuster durch eines der

bedienenden Mädchen eine kleine Gemeinheit zukommen, und der erklärte den umstehenden Gästen: »Die Jerónima und ich haben einen Liebestelegraphen.«

In dem Moment begann draußen eine Gruppe Musikanten zu spielen.

Jemand sang:

In des Brautpaars frohen Augen
leuchten Sterne weit dahin,
sie ist eine Silberraute,
er der Duft des Rosmarins.

Nachdem man ausgiebig eine fröhliche Jota getanzt hatte, ging es auch in dem zweiten Lied, wie nicht anders zu erwarten, um die Hochzeit:

Ein Hoch auf Paco del Molino
und auf die holde Águeda,
die gestern noch Verlobte waren
und heute vor dem Traualtar.

Die Musikanten spielten weiter, so schwungvoll, wie die Bauern mit ihren derben Händen und heißen Herzen gerne spielen. Als sie fanden, sie hätten genug musiziert, kamen sie herein. Sie bildeten gleich ein Grüppchen, der Stirnseite des Raums gegenüber, tranken und plauderten. Dann gingen alle ins Esszimmer.

Am Tisch des Hochzeitspaars nahmen, neben Braut und Bräutigam, die Trauzeugen Platz, Mosén Millán, der Herr Cástulo und ein paar weitere wohlhabende Bauern. Der Pfarrer sprach von Pacos Kindheit, erzählte von seinen Bubenstreichen, aber auch von seiner Empörung über die Eulen, die des Nachts die entlaufenen Katzen töteten, und dass er alle Einwohner am liebsten verpflichtet hätte, die armen Menschen in den Höhlen zu besuchen und ihnen zu helfen. Als der Pfarrer dies sagte, sah er in Pacos Augen eine Ernsthaftigkeit, in der es vor Unruhe brodelte, und gleich wechselte er das Thema und erinnerte wohlwollend an die Geschichte mit dem Revolver und selbst an Pacos Eskapaden am Wasserplatz.

Beim Essen fehlte es weder an dem marinierten Rebhuhn noch an der gebackenen Forelle, noch an dem gefüllten Kapaun. Von Hand zu Hand gingen Trinkkaraffen, Weinschläuche, Flaschen mit Rebensaft der verschiedensten Jahrgänge.

Die Nachricht von der Hochzeit gelangte zum Sonnenplatz, und die alten Spinnerinnen tranken auf das Wohl des Brautpaars mit dem Wein, den die Jerónima und der Schuster ihnen brachten. Der Schuster zeigte sich vergnügter als sonst, mit einem recht losen Mundwerk. So sagte er, die Patres seien die Einzigen, die von allen Leuten Vater genannt würden, außer von ihren Kindern, die sagten Onkel zu ihnen.

Die alten Frauen ergingen sich in Anspielungen auf die Frischvermählten.

»Langsam werden die Nächte kühl«, meinte eine.

»Da schläft es sich gut in Gesellschaft«, eine andere.

Eine Frau sagte, bei ihrer Hochzeit habe Schnee gelegen, hoch bis zu den Knien.

»Schlecht für den Bräutigam.«

»Wieso?«

»Da werden sich seine edlen Teile bis in die Nieren verkrochen haben bei dem Frost.«

»He, du, Quadratarsch«, rief die Jerónima. »Wenn du mal Witwer bist, lass es mich wissen.«

Der Schuster, der nur die Leute zum Lachen bringen wollte, nicht aber die Jerónima beleidigen, ließ eine wahre Litanei von Schmähungen auf sie niedergehen: »Halt den Mund, du, Teufelsknute, Messerwetze, Schnüffelzinken, Galgenfratze, Gifthippe. Hör zu, ich habe eine gute Nachricht für dich: Die Karten Seiner Majestät des Königs liegen auf dem Tisch, und man hat ihn ausgestochen.«

»Was kümmert's mich.«

»In der Republik werden Hexen nicht geteert und gefedert.«

Die Jerónima behauptete von sich, dass sie auf einem Besen fliege, duldete aber nicht, dass andere es von ihr sagten. Sie wollte gerade antworten, als der Schuster sich weiter ins Zeug legte: »Lass es dir gesagt sein, Grützkürbis, Liederlittchen, Schattenmetze, Wanderluder, Polterschnepfe, Hutzelschlampe, Herzstichel, Nasewitzel, Schmutzauge, Zankratte …«

Die Gesundbeterin wandte sich ab, während er sie weiter schmähte. Die alten Frauen platzten vor Lachen, und bevor die Jerónima, noch völlig verwirrt, ein Wort sagen konnte, eilte der Schuster als Sieger vom Platz. Dabei sperrte er die Ohren auf, um zu hören, was hinter ihm gesprochen wurde.

Die Stimme der Jerónima ertönte: »Wer hätte je gedacht, dass dieser Hampel so viel Gequacke im Bauch hat!«

Worauf das Gespräch wieder um das Brautpaar kreiste. Paco war der *feschste* junge Mann im Dorf, und er hatte die Frau bekommen, die er verdiente. Erneut spielten sie mit Schlüpfrigkeiten auf die Hochzeitsnacht an.

Sieben Jahre später, während er auf seinem alten Stuhl in der Sakristei saß und wartete, sah Mosén Millán die Hochzeit noch vor sich. Er hielt die Augen geschlossen, um nicht mit Don Valeriano sprechen zu müssen, dem Bürgermeister. Es war ihm schon immer schwergefallen, weil dieser Mensch einfach nicht zuhörte.

In der Kirche erschollen Schritte, es waren die hohen Stiefel von Don Gumersindo. Im Ort gab es kein zweites solches Paar, und lange bevor der Mann in die Sakristei trat, hatte Mosén Millán ihn erkannt. Don Gumersindo trug Schwarz, und als er sah, dass der Pfarrer die Augen geschlossen hielt, grüßte er mit leiser Stimme Don Valeriano. Er bat um Erlaubnis, rauchen zu dürfen, und zog sein Etui hervor.

Mosén Millán schlug die Augen auf.

»Ist sonst noch jemand gekommen?«, fragte er.

»Nein, Herr Pfarrer, tut mir leid«, sagte Don Gumersindo bedauernd, als wäre es seine Schuld. »Ich habe in der Kirche keine Menschenseele gesehen, wie man so sagt.«

Mosén Millán machte einen erschöpften Eindruck, und erneut schloss er die Augen, den Kopf an die Wand gelehnt.

In dem Moment kam der Messdiener herein, und Don Gumersindo fragte ihn: »Sag mal, Junge, weißt du, für wen die Messe heute ist?«

Doch der hielt sich, statt zu antworten, an das Lied:

Schon führt man ihn den Hang hinauf,
auf dem langen Weg zum Friedhof …

»Sing nicht alles, Junge«, unterbrach ihn Don Gumersindo. »Sonst steckt dich der Bürgermeister noch ins Gefängnis.«

Der Messdiener erschrak, sah zu Don Valeriano. Der schaute nur an die Decke und sagte: »Alles hat seine Zeit und seinen Ort, auch der Scherz.«

Es wurde peinlich still in der Sakristei.

Mosén Millán schlug erneut die Augen auf und blickte in die Augen von Don Gumersindo. Der murmelte: »Ehrlich gesagt, ich weiß nicht, ob ich jetzt beleidigt sein soll.«

Der Pfarrer schaltete sich ein und sagte, es gebe keinen Grund, *beleidigt* zu sein. Dann schickte er den Messdiener hinaus auf den Platz, um nachzusehen, ob jemand auf die Messe wartete. Meist harrte dort irgendein Grüppchen aus, bis die Glocken aufhörten zu läuten. Vor allem aber wollte er verhindern, dass der Messdiener den Teil des Lieds sang, in dem von ihm die Rede war:

Der Mann, der Paco dereinst taufte,
sein Name war Mosén Millán,
saß im Beichtstuhl eines Wagens
und hörte sich die Sünden an.

Don Gumersindo sprach bei jeder sich bietenden Gelegenheit von seiner Herzensgüte – »wie man so sagt« – und von den undankbaren Menschen, die ihm Gutes mit Bösem vergälten. Vor dem Pfarrer und Don Valeriano schien ihm der Moment nun besonders passend zu sein, und in einer Anwandlung von Großzügigkeit sagte er: »Mosén Millán. Hören Sie mich, Herr Pfarrer? Hier sind zwei Duros für die heutige Messe.«

Der Priester schlug die Augen auf, wie benommen, und wies ihn darauf hin, dass Don Valeriano dies ebenfalls angeboten habe, er lese die Messe aber lieber, ohne dass jemand sie bezahle. Erneut wurde es still. Don Valeriano wickelte seine Kette um den Zeigefinger und rollte sie wieder ab. Die Anhänger klimperten. In einem Medaillon bewahrte er eine Haarlocke seiner verstorbenen Frau. In einem anderen eine Reliquie des heiligen Paters Claret, ein Erbstück seines Urgroßvaters. Dann sprach er leise von den Wollpreisen, den Preisen für die Häute, doch niemand reagierte.

Mosén Millán ließ die Lider wieder sinken und erinnerte sich weiter an Pacos Hochzeitstag. Im Esszimmer hatte eine Frau einen Ohrring verloren, zwei Männer krochen auf allen vieren und suchten nach dem Schmuck. Mosén Millán sagte sich, dass es auf Hochzeiten immer eine Frau gab, der ein

Ohrring hinunterfiel, und dann suchte sie und konnte ihn nicht finden.

Die Braut, die in der Frühe – nach einer schlaflos verbrachten Nacht – so blass gewesen war, hatte ihre Farbe wiedergewonnen. Ab und zu schaute der Bräutigam auf die Uhr. Am späteren Nachmittag machten sie sich auf den Weg zum Bahnhof, gefahren vom Herrn Cástulo persönlich.

Die meisten Gäste waren mit vor die Tür gekommen, um das Brautpaar unter Hochrufen und Scherzen zu verabschieden. Viele gingen gleich nach Hause. Die Jüngeren zum Tanzen.

Mosén Millán überließ sich diesen Erinnerungen, um nicht hören zu müssen, was Don Gumersindo und Don Valeriano sagten, die wie immer sprachen, ohne einander zuzuhören.

Drei Wochen nach der Hochzeit kehrten Paco und seine Frau zurück, und am Sonntag darauf gab es Wahlen. Die neuen Ratsmitglieder waren jung und mit Ausnahme einiger weniger – in den Worten Don Valerianos – niederes Volk. Pacos Vater wunderte sich, dass alle, die mit ihm gewählt worden waren, sich als Gegner des Herzogs betrachteten und die *Fäuste erhoben* gegen das System der Weidepacht. Als Paco del Molino dies hörte, war er überglücklich. Zum ersten Mal glaubte er, dass die Politik zu etwas gut war. »Nehmen wir dem Herzog das Gras weg«, sagte er immer wieder.

Das Wahlergebnis erstaunte die Leute. Der Pfarrer aber war fassungslos. Nicht von einem einzigen Ratsmitglied konnte man sagen, dass er den Glauben praktizierte.

Er rief Paco zu sich und fragte: »Was höre ich da über die Bergweiden des Herzogs?«

»Was schon«, sagte Paco. »Die Wahrheit. Neue Zeiten brechen an, Mosén Millán.«

»Und das soll heißen?«

»Na ja, der König packt seine Siebensachen, da kann ich nur sagen: Gute Reise.«

Paco dachte, der Pfarrer hätte sich an ihn gewandt, weil er sich nicht traute, mit seinem Vater darüber zu sprechen.

»Ich bitte Sie, Mosén Millán«, sagte er noch. »Seit dem Tag, an dem wir mit dem Salböl zu der Höhle gegangen sind, wissen Sie, dass nicht nur ich mir Gedanken mache, wie man diese Schande aus der Welt schaffen kann. Erst recht jetzt, wo sich die Gelegenheit dazu bietet.«

»Welche Gelegenheit? Dafür braucht es Geld. Woher wollt ihr das nehmen?«

»Vom Herzog. Wie es aussieht, hat den Herzögen ihr Stündlein geschlagen.«

»Schweig, Paco. Ich sage nicht, dass der Herzog

immer recht hat. Er ist ein ebenso fehlbarer Mensch wie alle anderen, aber bei so etwas muss man Besonnenheit üben und darf nicht die Leute aufhetzen, auch nicht an ihre niederen Instinkte appellieren.«

Die Worte des jungen Mannes wurden am Sonnenplatz kommentiert. Es hieß, Paco hätte zum Pfarrer gesagt: »Die Könige, die Herzöge und die Pfarrer kommen jetzt unters Messer, wie die Schweine am Martinstag.« Am Sonnenplatz wurde gern übertrieben.

Auf einmal hieß es, der König sei aus Spanien geflohen. Für Don Valeriano und den Pfarrer war dies eine furchtbare Nachricht. Don Gumersindo mochte es nicht glauben, er sagte, das habe sich bestimmt der Schuster ausgedacht. Mosén Millán setzte zwei Wochen lang keinen Fuß vors Haus. In die Kirche ging er durch den Garten, und er vermied es, mit wem auch immer ein Wort zu wechseln. Am ersten Sonntag kamen die Leute in großer Zahl in die Messe, sie wollten wissen, wie der Pfarrer reagierte. Doch Mosén Millán machte nicht die kleinste Andeutung, und am nächsten Sonntag war die Kirche leer.

Paco ging zum Schuster. Der gab sich zurückhaltend, wortkarg.

Unterdessen wehte am Balkon des Rathauses

und über dem Eingang der Schule die Trikolore der Republik. Don Valeriano und Don Gumersindo ließen sich nirgends blicken. Cástulo suchte Pacos Nähe und zeigte sich mit ihm, aber er spielte ein doppeltes Spiel. Wenn er den Pfarrer sah, flüsterte er ihm zu: »Wo soll das noch enden, Mosén Millán?«

Die Wahl im Dorf musste wiederholt werden, weil es Vorfälle gegeben hatte, die sie in den Augen von Don Valeriano ungültig machten. Beim zweiten Mal trat Pacos Vater seine Kandidatur an den Sohn ab. Der junge Mann wurde gewählt.

In Madrid wurde der *herrschaftliche Grundbesitz,* der noch auf das Mittelalter zurückging, abgeschafft und auf die Gemeinden übertragen. Zwar brachte der Herzog vor, dass seine Weiden in den Bergen davon nicht betroffen seien, doch auf Pacos Anregung beschlossen die fünf Dörfer, keine Zahlungen mehr zu leisten, solange die Gerichte nicht entschieden hatten. Als Paco dies Don Valeriano mitteilte, schaute der eine Weile an die Decke und nestelte an dem Medaillon mit der Locke seiner verstorbenen Frau. Schließlich weigerte er sich, Pacos Worte zur Kenntnis zu nehmen, und verlangte einen schriftlichen Bescheid der Gemeinde.

Die Nachricht machte im Dorf die Runde. Am Sonnenplatz hieß es, Paco habe Don Valeriano gedroht. Dem jungen Mann trauten sie jede noch so verwegene Dreistigkeit zu, den anderen fehle dazu der Mut. Am Sonnenplatz mochte man Pacos Familie und solche vom selben Schlag, deren Männer, auch wenn sie Land besaßen, von früh bis spät arbeiteten. Die Frauen vom Sonnenplatz waren alle fromm und gingen zur Messe, doch lachten sie von Herzen, wenn die Jerónima ein Lied sang, in dem es hieß:

> Der Pfarrer sagte zur Haushälterin,
> sie lege sich zu Füßen hin,
> die Frau, nicht dumm noch Büßerin …

Niemand wusste genau, was der Gemeinderat »zugunsten der Menschen in den Höhlen« plante, doch allenthalben stachelte es die Phantasie an, und die einfachen Leute machten sich Hoffnungen. Paco hatte das Problem tatkräftig angepackt, in den Sitzungen ging es um nichts anderes.

Don Valeriano erhielt den Beschluss der Gemeinde zugestellt und leitete ihn an den Herzog weiter.

Die telegraphische Antwort des Herzogs lautete: *Die Aufseher haben Befehl, meine Weiden in den Bergen zu bewachen und auf jeden, der sie betritt, zu schießen, gleich ob Mensch oder Tier. Um*

Schaden an Leben und Gut zu vermeiden, wird die Gemeinde aufgefordert, dies öffentlich zu verkünden.

Kaum hatte Paco die Antwort gelesen, schlug er dem Bürgermeister vor, die Aufseher abzuwerben und ihnen eine besser entlohnte Arbeit unten im Gartenland zu geben, in der Bewässerungsgenossenschaft. Die drei Männer – mehr waren es nicht – nahmen das Angebot erfreut an. Ihre Karabiner landeten in einer Ecke des Sitzungssaals, und das Vieh im Dorf gelangte fortan ungehindert auf die Weiden des Herzogs.

Nachdem Don Valeriano sich mehrmals mit Mosén Millán beraten hatte, rief er Paco schließlich zu sich. Der kam auch gleich. Don Valerianos Haus war groß und düster, mit ausladenden Balkons und einem großen Tor. Don Valeriano hatte sich vorgenommen, einen vernünftigen und versöhnlichen Ton anzuschlagen, und er empfing Paco mit einem Imbiss. Vom Herzog sprach er auf eine zwanglose, lockere Art. Er wusste, dass Paco ihm ankreidete, das Dorf noch nie betreten zu haben, aber das stimmte nicht. Drei Mal war der Herzog in den letzten Jahren vorbeigekommen, um nach seinem Besitz zu sehen, nur hatte er nicht im Ort übernachtet, sondern im Nachbardorf. Don Valeriano erinnerte sich noch an eine denkwürdige Begebenheit, als der Herr Herzog und die Frau Herzogin mit dem ältesten der Aufseher sprachen und der ihnen, Hut in der Hand, zuhörte. Die Frau Herzogin erkundigte sich nach jedem einzelnen Mitglied der Familie, und als sie nach dem ältesten Sohn fragte, sagte der Mann – Don Valeriano erinnerte sich an jedes einzelne Wort: »Wer, Miguel? Dem Miguelico können Euer Exzellenz die Eier lecken, der ist in Barcelona und verdient neun Peseten am Tag!«

Don Valeriano lachte, als er es erzählte. Paco lachte ebenfalls, doch dann wurde er plötzlich ernst.

»Die Herzogin«, sagte er, »mag ein guter Mensch sein, das will ich nicht bestreiten. Über den Herzog habe ich Gutes wie Schlechtes gehört. Nur mit unserem Thema hat das nichts zu tun.«

»Das stimmt. Also nun denn: Wie es aussieht, ist der Herzog bereit, mit Ihnen zu verhandeln«, sagte Don Valeriano.

»Über die Weiden?«

Don Valeriano nickte.

»Da wird nicht verhandelt, da heißt es den Nacken beugen.«

Don Valeriano sagte nichts, und Paco erlaubte sich hinzuzufügen: »Man könnte meinen, der Herzog stimmt eine alte Melodie an.«

Don Valeriano schwieg weiter, schaute an die Decke.

»Heute wird ein ander Lied gesungen«, betonte Paco.

Schließlich sagte Don Valeriano: »Du sprichst davon, den Nacken zu beugen. Wer hält den Nacken schon gebeugt? Das tun nur die Ochsen.«

»Und jeder rechtschaffene Mensch, wo es ein Gesetz gibt.«

»Gewiss, aber der Anwalt des Herzogs denkt da anders. Und Gesetze gibt es solche und solche.«

Paco schenkte sich Wein ein, brummelte ein »Wenn Sie gestatten«. Dass der junge Mann sich so umstandslos bediente, kränkte Don Valeriano, aber er lächelte und sagte: »Nehmen Sie nur«, als Pacos Glas schon voll war.

Paco fragte weiter: »Worüber will der Herzog denn verhandeln? Er braucht nur die Weiden abzugeben und muss keinen Gedanken mehr daran verschwenden.«

Don Valeriano schaute auf Pacos Glas und strich sich langsam über den Schnurrbart, der so proper und ebenmäßig gerundet war, dass er aussah wie angeklebt.

Paco murmelte: »Man müsste sich mal ansehen, welche Dokumente der Herzog zu den Weiden hat. Wenn er überhaupt welche hat!«

Don Valeriano reagierte gereizt: »Auch da irrst du dich. Das ist seit Jahrhunderten so Brauch, und das hat Gewicht. Man zerstört nicht an einem Tag, was man in vierhundert Jahren geschaffen hat. Weiden sind keine Weinflaschen«, sagte er noch, als er sah, wie Paco sich wieder nachschenkte, »sondern ein Privileg. Ein königliches Privileg.«

»Ich denke, was der Mensch geschaffen hat, wird der Mensch auch wieder zerstören.«

»Ja, aber nicht alle Menschen sind gleich.«

Paco schüttelte den Kopf.

»Wie Sie meinen«, sagte er, trank das zweite Glas aus und schnalzte mit der Zunge. »Sagen Sie dem Herzog, wenn er so viele Rechte hat, mag er kommen und sie persönlich verteidigen, aber bringe er ein neues Gewehr mit, die Karabiner der Aufseher haben nämlich wir.«

»Paco, ich höre wohl nicht recht. Wer hätte gedacht, dass ein Mann mit nichts als zwei Maultieren und ein paar Sträuchern auf steinigem Boden sich anmaßt, so zu sprechen? Da überrascht mich nichts mehr auf der Welt.«

Kaum war Paco gegangen, erstattete Don Valeriano dem Herzog Bericht. Der erteilte neue Anweisungen, worauf Don Valeriano, derart zwischen die Fronten geraten, nicht mehr ein noch aus wusste. Er beschloss, das Dorf zu verlassen, doch vorher ging er zu Mosén Millán, erzählte ihm auf seine Weise von dem Gespräch mit Paco und klagte, das Dorf werde vom Geschwätz am Sonnenplatz regiert. Noch dazu habe Paco gedroht und ihn beleidigt, und mit großem Nachdruck betonte er die Sache mit der Flasche und dem Glas. Der Pfarrer hörte ihm mal zu, mal nicht.

An all das musste Mosén Millán in seiner Sakristei denken, und er schüttelte betrübt den Kopf. Erneut war der Messdiener gekommen. Er lehnte am Türrahmen, und da er nicht stillstehen konnte, rieb er einen Stiefel am anderen. Während er zum Pfarrer sah, ging ihm weiter das Lied durch den Kopf:

> Vier Schergen führten ihn hinein
> auf den dunklen Friedhofsgrund,
> Mütter, die ihr Kinder habt,
> halte Gott sie euch gesund,
> mögen Engel sie beschützen …

In dem Lied war dann die Rede von anderen Gefangenen, die damals ebenfalls gestorben waren, nur erinnerte sich der Messdiener nicht an ihre Namen. Alle waren in jenen Tagen ermordet worden, auch wenn es in dem Lied nicht so hieß, sondern *hingerichtet*.

Mosén Millán erinnerte sich noch gut. Don Valerianos Glaube hatte in diesen Tagen sehr gelitten. Jedes Mal sagte er, ein Gott, der so etwas zulasse, habe eine solche Achtung nicht verdient. Der Pfarrer hörte ihm erschöpft zu. Jahre zuvor hatte Don Valeriano ein schmiedeeisernes Gitter für die Christuskapelle gespendet, und der Herzog hatte zweimal die Kosten für die Ausbesserung des Kirchengewölbes übernommen. Undankbarkeit, dieses Laster war Mosén Millán fremd.

Am Sonnenplatz hieß es, mit der Verpachtung der Weiden und den Einnahmen für die Gemeinde würden Pläne gemacht, um den Dorfbewohnern ein besseres Leben zu ermöglichen. Man pries Paco del Molino, und das häufigste Lob unter den alten Frauen vom Sonnenplatz war, dass er *ein ganzer Kerl* sei.

Im Nachbardorf wurden Rohre verlegt, um das Trinkwasser bis zum Marktplatz zu leiten. Paco del Molino hatte andere Pläne – sein Dorf besaß eine solche Versorgung bereits –, und er dachte nur an die Höhlen, deren Bewohner in seiner Vorstellung immer röchelnd im Sterben lagen, ohne Licht, ohne Feuer, ohne Wasser. Ja, ohne Luft zum Atmen.

Auf den Ländereien des Herzogs stand eine kleine Kapelle, deren Festtag man, im Sommer, mit einer Wallfahrt beging. Die Pilger machten dem

Pfarrer Geschenke, und die Gemeinde bezahlte die Messe. Doch in diesem Jahr wollte der Bürgermeister nichts davon wissen, und die Dorfbewohner folgten seinem Beispiel. Mosén Millán rief Paco zu sich, und der sagte ihm, das alles beruhe auf einem Beschluss der Ratsversammlung.

»Der Ratsversammlung, sagst du? Für wen hält die sich, diese Versammlung?«, fragte der Pfarrer aufgebracht.

Paco tat es leid, dass Mosén Millán so außer sich war, und er sagte, da der Grund und Boden, auf dem die Kapelle stehe, dem Herzog gehört habe und die Menschen gegen ihn seien, könne man ihre Zurückhaltung gut verstehen. Mosén Millán bebte vor Erregung.

»Was glaubst du, wer du bist?«, rief er. »Sagst dem Herzog, wenn er in die Berge kommt, kann er keine drei Schritte tun, weil du schon mit dem Gewehr eines seiner Aufseher auf ihn wartest. Ist dir nicht bewusst, wie kriminell eine solche Drohung ist?«

Paco hatte nichts dergleichen gesagt. Don Valeriano hatte gelogen. Doch der Pfarrer wollte Paco nicht anhören.

Der Schuster war in diesen Tagen nervös und fahrig. Wenn man ihn fragte, sagte er: »Mir schwant nichts Gutes.«

Am Sonnenplatz spöttelten sie über ihn, doch der Schuster sagte: »Ob Stein gegen Krug oder Krug gegen Stein, für den Krug wird es das Verderben sein.«

Diese rätselhaften Worte erklärten auch nicht viel. Sein Leben lang hatte der Schuster darauf gewartet, dass etwas passierte, und als es so weit war, wusste er nicht, wie er es einschätzen oder was er tun sollte. Einige Ratsmitglieder boten ihm das Amt des Wasserrichters an, um Probleme bei der gemeinsamen Nutzung des Hauptbewässerungsgrabens zu lösen.

»Danke«, sagte er, »aber ich halte mich an das Sprichwort: Schuster, bleib bei deinem Leisten.«

Nach und nach näherte er sich dem Pfarrer an. Der Schuster konnte nicht anders, als gegen die zu sein, die das Sagen hatten, egal welchen Ideen oder politischen Farben sie anhingen. Don Gumersindo hatte sich ebenfalls in die Provinzhauptstadt davongemacht, was den Pfarrer ärgerte.

»Alle gehen sie«, sagte er, »nur ich würde niemals gehen, selbst wenn ich könnte. Das ist Fahnenflucht.«

Manchmal schien der Pfarrer Paco verstehen zu wollen, doch dann sprach er gleich wieder vom mangelnden Respekt der Dorfbewohner und wie quälend dies für ihn sei. Die Gespräche mit Paco endeten immer damit, dass er sich als Opferlamm sah.

Paco lachte: »Dabei will Sie doch niemand töten, Mosén Millán.«

Pacos Lachen machte den Pfarrer rasend. Nur mit Mühe bekam er sich wieder in den Griff.

Als die Leute Don Valeriano und Don Gumersindo schon fast vergessen hatten, kehrten die beiden auf einmal ins Dorf zurück. Sie wirkten sehr selbstsicher und besprachen sich täglich mit dem Pfarrer. Der Herr Cástulo trat neugierig an sie heran, konnte aber nichts in Erfahrung bringen. Sie vertrauten ihm nicht.

Eines Tages im Juli brach die Guardia Civil mit dem Befehl aus dem Dorf auf, sich – wie es hieß – an einem Ort zu versammeln, wo man die Polizeikräfte des ganzen Bezirks zusammenziehe. Die Ratsmitglieder spürten, dass etwas Bedrohliches in der Luft lag, konnten es aber nicht benennen.

Eine Gruppe von *señoritos* kam ins Dorf, mit Knüppeln und Pistolen. Die jungen Herrschaften schienen keine Kinderstube genossen zu haben, manche schrien gar hysterisch. Nie hatte man derart unverschämte Leute gesehen. Normalerweise wurden solche Burschen, glattrasiert und zart wie Frauen, am Sonnenplatz *feine Pinkel* genannt, doch als Erstes verabreichten sie dem Schuster eine gewaltige Tracht Prügel, seine Neutralität nutzte ihm nichts. Dann töteten sie sechs Dorfbewohner – unter ihnen vier, die in den Höhlen lebten – und warfen ihre Leichen an der Straße zwischen Dorf und Sonnenplatz in den Graben. Da gleich die Hunde kamen, um das Blut aufzulecken, postierten sie dort einen der Aufseher des Herzogs, damit er die Tiere verscheuchte. Niemand stellte eine Frage. Niemand verstand, was vor sich ging. Es gab keine Polizisten mehr, die den Fremden hätten entgegentreten können.

In der Kirche verkündete Mosén Millán, dass das Allerheiligste nun Tag und Nacht zur Anbetung ausgesetzt werde, danach lief er zu Don Valeriano – den die Señoritos zum Bürgermeister ernannt hatten – und beschwerte sich, dass man die sechs Dorfbewohner getötet habe, ohne ihnen die Gelegenheit zur Beichte zu geben. Der Pfarrer betete den ganzen Tag und einen Teil der Nacht.

Das Dorf war in Angst, niemand wusste, wie er sich verhalten sollte. Die Jerónima zeigte sich hier und da, weniger mitteilsam als sonst. Nur am Sonnenplatz schimpfte sie auf die fremden jungen Herren und verlangte für sie die schlimmsten Strafen. Was sie beim Anblick des Schusters nicht daran hinderte, von Knütteln, Latten, Dresche, Buckel voll zu sprechen oder was immer ihn an die Hiebe erinnerte. Fragte sie nach Paco, konnte niemand Auskunft geben. Er war verschwunden, man suchte nach ihm, das war alles.

Einen Tag nachdem die Jerónima sich über den Schuster lustig gemacht hatte, fand man ihn tot auf dem Weg zum Sonnenplatz, *der Schädel weggeblasen*. Die arme Frau breitete ein Laken über ihn und schloss sich zu Hause ein, drei Tage kam sie nicht vor die Tür. Dann erschien sie wieder auf der Straße und ging sogar zum Sonnenplatz, wo man sie mit Vorwürfen und Schmähungen empfing. Die Jerónima weinte (niemand hatte sie je weinen sehen) und sagte, sie hätte es verdient, dass man sie mit Steinen totschlage wie eine Schlange.

Wenige Tage später fand die Jerónima am Sonnenplatz zurück zu ihrem alten Übermut, stieß Drohungen aus und fluchte.

Niemand wusste, wann sie kamen und die Leute umbrachten. Das heißt, alle wussten es, aber niemand hatte etwas gesehen. Es geschah nachts, und bei Tag wirkte das Dorf friedlich.

Zwischen dem Dorf und dem Sonnenplatz hatte man vier weitere Leichen abgelegt, Leichen von Männern, die alle Ratsmitglieder gewesen waren.

Viele Bauern waren außerhalb des Dorfes bei der Mahd. Die Frauen gingen nach wie vor zum Sonnenplatz, auf den Lippen die Namen derjenigen, die hatten sterben müssen. Manchmal beteten sie, doch gleich grummelten sie wieder und schimpften auf die Frauen der Reichen, auf die Valeriana vor allem und auf die Gumersinda. Die Schlimmste überhaupt aber, sagte die Jerónima, sei Cástulos Frau, wegen ihr hätten sie den Schuster umgebracht.

»Gar nicht wahr«, sagte jemand. »Sondern weil der Schuster angeblich ein Agent der Roten war.«

Niemand wusste, was ein Agent war, alle dachten nur an die Stute von der Getreidemühle, genannt die Rote. Aber das ergab keinen Sinn. So wenig wie all das, was im Dorf passierte. Lauter zu sprechen traute sich keine der Frauen, aber mit dem Lästern ging es gleich wieder los.

»Die Cástula ist eine Warzenplage.«

»Ein Tranlappen.«

»Giftgeziefer«, ließ die Jerónima sich nicht lumpen.

»Fette Nisse.«

»Ihr Haus«, sagte die Jerónima noch, »riecht nach bepisstem Herd.«

Sie hatte gehört, dass diese Jüngelchen aus der Stadt alle umbringen wollten, die gegen den König gestimmt hatten. Zugleich nahm sie in all dem Unheil etwas Magisches, Übernatürliches wahr, und überall roch sie Blut. Nur wenn sie am Sonnenplatz war und die Glocken hörte oder wie manchmal auch der Amboss des Schmieds in den Rhythmus einfiel, konnte sie nicht an sich halten, und ihre Röcke zuckten und schwangen. Dann fluchte sie wieder und nannte die Gumersinda eine Schmutzlaus. Sie versuchte herauszubekommen, was aus Paco del Molino geworden war, aber niemand wusste etwas, außer dass man nach ihm suchte. Dennoch gab sich die Jerónima überzeugt: »Einen solch strammen Burschen kriegen die nicht so leicht.«

Womit sie ein weiteres Mal auf etwas anspielte, was ihr nicht verborgen geblieben war, als sie dem Kleinen die Windeln gewechselt hatte.

In seiner Sakristei musste Mosén Millán an das fürchterliche Chaos damals denken, es verwirrte ihn noch jetzt, wühlte ihn auf. Schüsse in der Nacht, Blut, dunkle Leidenschaften, übles Gerede, all die Unverschämtheiten dieser Fremden, sosehr sie auch etwas Besseres sein mochten. Don Valeriano beklagte sich zwar über das, was da passierte, befeuerte die jungen Herren aus der Stadt aber zugleich, weitere Leute zu töten. Der Pfarrer dachte an Paco. Sein Vater war in diesen Tagen zu Hause. Cástulo Pérez hatte sich für ihn verbürgt und gesagt, er habe *eine saubere Weste*. Die anderen Reichen trauten sich nicht, gegen ihn vorzugehen, und warteten darauf, dass man den Sohn fasste.

Niemand außer Pacos Vater wusste, wo sein Sohn war. Mosén Millán ging zu ihm. »Was hier im Dorf geschieht«, sagte er, »ist entsetzlich, unfassbar.«

Pacos Vater hörte ihm zu, ein wenig blass, und sagte kein Wort. Der Pfarrer sprach weiter. Die junge Ehefrau kam herein und ging wieder, wie ein Schatten, ohne zu lachen oder zu weinen. Niemand im Ort weinte oder lachte. Ohne Lachen oder Weinen, dachte Mosén Millán, konnte das Leben ein Alptraum sein.

So wie die Freundschaft bestrebt ist, sich hier und da durch eine Regung als würdig zu erweisen, erweckte Mosén Millán den Eindruck, als wüsste er, wo Paco sich versteckt hielt. Indem er dies signalisierte, mussten der Vater und Pacos Frau ihm dankbar sein, dass er stillgeschwiegen hatte. Zwar sagte der Pfarrer nicht mit Worten, dass er Bescheid wisse, deutete es aber an. Die Ironie des Schicksals wollte es, dass Pacos Vater in die Falle tappte. Er schaute den Pfarrer an und dachte genau das, was Mosén Millán wollte, dass er dachte: ›Wenn er es weiß und niemandem einen Wink gegeben hat, ist er ein aufrechter und anständiger Mensch.‹ Es war ein beruhigender Gedanke.

Im Verlauf des Gesprächs erwähnte Pacos Vater das Versteck seines Sohns, schließlich glaubte er, er sage dem Pfarrer nichts Neues. Als Mosén Millán es hörte, geriet er innerlich ins Wanken. ›Ach‹, sagte er sich, ›hätte er es mir doch nicht gesagt. Wozu muss ich wissen, dass er sich oben auf den Weiden in einem alten Haus versteckt?‹ Mosén Millán hatte Angst und wusste nicht genau, wovor. Bald darauf verabschiedete er sich. Insgeheim wünschte er sich eine Begegnung mit den Fremden und ihren Pistolen, um sich selbst seine Standhaftigkeit und seine Loyalität gegenüber Paco zu beweisen. So kam es auch. Vergeblich redeten der Zenturio und seine Freunde den ganzen Nachmittag auf ihn ein. An diesem Abend konnte Mosén Millán mit einer Ruhe beten und einschlafen, wie er es schon lange nicht gekannt hatte.

Am nächsten Tag gab es eine Versammlung vor dem Rathaus, die Fremden schwangen große Reden und grölten. Dann verbrannten sie die Trikolore und zwangen alle Dorfbewohner, sich dort einzufinden und auf Befehl des Zenturios mit gestrecktem Arm zu grüßen. Der Mann trug eine dunkle Brille und hatte ein gutmütiges Gesicht. Nur schwer vorstellbar, dass so jemand irgendwen tötete. Die Leute dachten, diese Männer seien, so wie sie fuchtelten, brüllten und die Hacken zusammenschlugen, nicht ganz richtig im Kopf. Doch als sie sahen, dass Mosén Millán und Don Valeriano auf Ehrenplätzen saßen, waren sie verunsichert. Die Señoritos hatten gemordet und ansonsten nichts Besseres zu tun gehabt, als dem Herzog die Bergweiden zurückzugeben.

Zwei Tage später stand Don Valeriano im Pfarrhaus vor dem Priester. Mit den Daumen in den Armlöchern seiner Weste – was die Anhänger umso besser zur Geltung brachte – schaute er ihm in die Augen.

»Ich will, wie man so sagt, niemandem übel, aber gehört Paco nicht zu denen, die besonders eifrig waren? Glauben Sie mir, Herr Pfarrer, andere haben für weniger mit dem Leben bezahlt.«

»Lassen Sie ihn in Frieden«, sagte Mosén Millán. »Wozu noch mehr Blut vergießen?«

Dennoch gefiel er sich darin, dem Bürgermeister zu bedeuten, dass er wisse, wo Paco sich versteckt hielt. So konnte er seine edle Gesinnung unter Beweis stellen und dass er ein loyaler Mensch war. Tatsächlich suchten sie ja wie verrückt nach Paco. Sie waren mit Jagdhunden in sein Haus gekommen, und die hatten an seiner Kleidung und den alten Schuhen *Witterung aufgenommen*.

In dem Moment kam, begleitet von zwei Männern, der Zenturio mit dem gutmütigen Gesicht und der dunklen Brille herein, die Worte des Pfarrers hatte er gehört.

»Wir wollen hier keine verweichlichten Geister«, sagte er. »Wir säubern das Dorf, und wer nicht für uns ist, der ist gegen uns.«

»Sie halten mich für einen verweichlichten Geist?«, antwortete Mosén Millán.

Darauf beherrschten sich alle wieder.

»Bei den letzten Hinrichtungen«, erklärte der Zenturio, »wurde den Gefangenen nichts vorenthalten. Selbst die Letzte Ölung haben sie bekommen. Was beklagen Sie sich?«

Mosén Millán sprach von rechtschaffenen Männern unter den Toten und dass es ein Ende haben müsse mit diesem Irrsinn.

»Sagen Sie die Wahrheit«, erwiderte der Zenturio, zog die Pistole und legte sie auf den Tisch. »Sie wissen, wo Paco del Molino sich versteckt.«

Mosén Millán fragte sich, ob der Zenturio die Pistole hervorgeholt hatte, um ihm zu drohen, oder ob er seinen Gürtel nur von dem Gewicht hatte erleichtern wollen. Schon andere Male hatte er gesehen, wie der Mann die Pistole auf diese Weise zeigte. Und er dachte an Paco, den er getauft hatte, den er getraut hatte. Erinnerte sich im selben Moment an unbedeutende Einzelheiten wie die nächtlichen Eulen und den Duft der marinierten Rebhühner. Womöglich hing von seiner Antwort Pacos Leben ab. Er mochte ihn sehr, aber seine Liebe galt nicht dem Menschen an sich, sondern dem Kind *Gottes*. Eine Liebe über Leben und Tod hinaus. Und er konnte nicht lügen.

»Sie wissen, wo er sich versteckt?«, fragten ihn nun alle vier Männer gleichzeitig.

Mosén Millán senkte den Kopf. Es war ein Ja. Konnte ein Ja sein. Als er es merkte, war es zu spät. Also bat er sie, ihm zu versprechen, dass sie Paco nicht töteten. Sie mochten ihn verurteilen und, wenn er ein Unrecht begangen hatte, einsperren, aber kein weiteres Verbrechen. Der Zenturio mit der gutmütigen Miene versprach es. Und Mosén Millán verriet Pacos Versteck. Dann wollte er noch weitere Garantien für ihn erwirken, doch sie hörten nicht mehr zu. Eilig stoben sie hinaus, der Pfarrer blieb allein zurück. Und erschrocken über sich selbst, wie befreit auch von einer Last, fing er an zu beten.

Eine halbe Stunde später kam der Herr Cástulo und sagte, mit dem Sonnenplatz sei es vorbei, die Señoritos aus der Stadt hätten zwei Salven mit dem Maschinengewehr abgegeben, ein paar Frauen seien tot, die anderen schreiend davongerannt, eine Blutspur hinter sich, wie ein Schwarm Vögel nach einer Ladung Schrot. Unter denen, die sich hätten retten können, sei die Jerónima, und dann sagte Cástulo noch: »Tja. Unkraut …«

Als der Pfarrer ihn lachen hörte, fasste er sich an den Kopf, wurde bleich. Dabei hatte dieser Mann, wie es schien, niemandes Versteck verraten, worüber empörte er sich also? Entsetzt betete er. Cástulo berichtete weiter und sagte, abgesehen von den am Sonnenplatz getöteten gebe es elf oder zwölf verletzte Frauen. Da der Arzt im Gefängnis sitze, werde es nicht leicht, sie alle zu versorgen.

Am nächsten Tag kehrte der Zenturio zurück, ohne Paco. Er war außer sich. Er sagte, als sie auf die Weiden vordringen wollten, seien sie mit Schüssen empfangen worden. Der Flüchtige habe einen der Karabiner der Aufseher, und wer sich den Weiden nähere, riskiere sein Leben.

Er bat den Pfarrer, mit Paco zu verhandeln. Zwei Männer seiner Einheit seien verwundet, er wolle nicht noch weitere in Gefahr bringen.

Ein Jahr später erinnerte sich Mosén Millán an diese Szenen, als wäre es erst gestern gewesen. Und als er den Herrn Cástulo in die Sakristei hereinkommen sah – ebenjenen, der damals gelacht hatte über die Verbrechen am Sonnenplatz –, ließ er die Lider wieder sinken und sagte sich: ›Ich habe den Ort verraten, wo Paco sich versteckt hielt. Bin hingegangen und habe mit ihm verhandelt. Und jetzt …‹ Er schlug die Augen auf und sah sich den drei Männern gegenüber. Don Gumersindo, der in der Mitte saß, war etwas größer als die anderen. Die drei Gesichter schauten ihn ungerührt an. Die Glocken im Turm beendeten ihr Geläut mit drei letzten schweren, immer langsameren Schlägen, deren Schwingungen noch eine Weile die Luft erfüllten.

»Mit allem gebotenen Respekt«, sagte Cástulo. »Ich würde gerne die Messe bezahlen, Mosén Millán.«

Er hatte schon in die Tasche gegriffen, doch der Pfarrer lehnte ab und bat den Messdiener, noch einmal nachzusehen, ob jemand gekommen war. Der Junge ging hinaus, wie immer mit dem Lied über Paco auf den Lippen:

Im Dornbusch nah beim Wegesrand
bleibt zurück sein Taschentuch,
die Vögel ziehn geschwind dahin,
die Wolken gehn im sachten Flug …

Ein weiteres Mal schloss Mosén Millán die Augen, den rechten Ellbogen auf der Armlehne, den Kopf in die Hand gestützt. Zwar war er fertig mit seinen Gebeten, doch er tat, als würde er weiterbeten, damit sie ihn in Ruhe ließen. Don Valeriano und Don Gumersindo wandten sich beide gleichzeitig an Cástulo und erklärten ihm, einander übertönend, dass auch sie angeboten hätten, die Messe zu bezahlen.

Der Messdiener kam zurück, in heller Aufregung, und verschluckte sich fast an seinen Worten.

»Da ist ein Maultier in der Kirche«, brachte er schließlich heraus.

»Was sagst du?«

»Kein Mensch, ein Maultier, es ist irgendwie reingekommen und läuft durch die Bänke.«

Die drei Männer gingen nachsehen, und als sie zurückkamen, sagten sie, das sei kein Maultier, sondern das Fohlen von Paco del Molino, das immer im Dorf herumlaufe. Alle wussten, dass Pacos Vater krank war und die Frauen im Haus kaum noch bei Sinnen. Niemand kümmerte sich mehr um die Tiere und das bisschen Land, das ihnen geblieben war.

»Hast du das Tor zum Vorhof aufgelassen?«, fragte der Pfarrer den Messdiener.

Die drei Männer versicherten, alle Türen seien verschlossen.

Mit einem säuerlichen Lächeln sagte Don Valeriano noch: »Das ist ein Trick. Und ein böses Spiel.«

Sie überlegten, wer das Fohlen in die Kirche hereingelassen haben könnte. Cástulo nannte die Jerónima. Mosén Millán schenkte ihm nur einen müden Blick und bat sie, das Tier aus der Kirche zu schaffen. Die drei gingen mit dem Messdiener los. Sie stellten sich in eine Reihe und trieben das Fohlen mit ausgebreiteten Armen vor sich her. Don Valeriano sagte, das sei ein Sakrileg, vielleicht müsse die Kirche neu geweiht werden. Die anderen glaubten das nicht.

Sie trieben das Tier immer weiter vor sich her. An einem Gitter – dem Gitter der Christuskapelle – schien ein schmiedeeiserner Teufel zu zwinkern. Der heilige Johannes, in seiner Mauernische, hob den Finger und zeigte sein nacktes, weibliches Knie. Don Valeriano und Cástulo riefen vor Aufregung immer lauter, so als wären sie in einem Stall: »Harrr! Harrr!«

Das Fohlen lief durch die Kirche, wie es ihm gerade gefiel. Hätte es den Sonnenplatz noch gegeben, hätten die Frauen ihr Gesprächsthema gehabt. Als der Bürgermeister und Don Gumersindo das Fohlen in eine Ecke gedrängt hatten, sprang es zwischen ihnen hindurch und war mit einem fröhlichen Wiehern auf der anderen Seite.

Cástulo hatte eine gute Idee: »Stoßen wir die Türflügel auf, so wie bei den Prozessionen. Dann sieht das Tier, dass es hinauskann.«

Der Küster rannte gleich hin, auch wenn Don Valeriano protestierte, er duldete es nicht, dass der

Herr Cástulo in seiner Anwesenheit die Initiative ergriff. Als die großen Flügel offen standen, schaute das Fohlen verwundert auf diesen Schwall von Licht. Jenseits des Vorhofs war der Dorfplatz zu sehen, menschenleer, ein gelb gestrichenes Haus, daneben ein weiß verputztes, mit blauen Verzierungen. Der Küster rief das Fohlen herbei. Als das Tier schließlich einsah, dass es nicht dort hingehörte, trottete es zum Ausgang. Der Messdiener sang weiter leise vor sich hin:

> … die Haubenlerchen halten inne,
> hoch auf einem Kreuz des Friedhofs.

Sie schlossen alle Türen, und in der Kirche war es wieder dunkel. Mit erhobenem nacktem Arm führte der heilige Michael das Schwert gegen den Drachen. In einer Ecke, über dem Taufbecken, knisterte ein Licht.

Don Valeriano, Don Gumersindo und der Herr Cástulo setzten sich in die erste Reihe.

Der Messdiener ging in den Altarraum, kniete vor dem Tabernakel nieder und verschwand in der Sakristei.

»Es ist jetzt draußen, Mosén Millán.«

Der Pfarrer überließ sich weiter den Erinnerungen an die Tage ein Jahr zuvor. Die Fremden mit den Pistolen hatten ihn gezwungen, sie zu den Weiden zu begleiten. Kaum waren sie dort, schickten sie ihn allein voran.

»Paco«, rief Mosén Millán, ihm war gar nicht wohl in seiner Haut. »Ich bin's. Du siehst doch, dass ich es bin.«

Niemand antwortete. In einem Fenster war die Mündung eines Gewehrs zu erkennen.

Mosén Millán rief noch einmal: »Paco, sei nicht dumm. Es ist besser, wenn du dich ergibst.«

Aus dem Dunkel der Öffnung drang eine Stimme: »Erst wenn ich tot bin. Gehen Sie. Sollen die anderen kommen, wenn sie sich trauen.«

Mosén Millán schlug den aufrichtigsten Ton an: »Paco, bei allem, was dir lieb ist, deiner Frau, deiner Mutter. Ergib dich.«

Keine Antwort.

Schließlich war wieder Pacos Stimme zu hören: »Wo sind meine Eltern? Und meine Frau?«

»Wo sollen sie schon sein. Zu Hause.«

»Ist ihnen nichts passiert?«

»Nein, aber wenn du so weitermachst, wer weiß, was dann geschieht.«

Nach diesen Worten wurde es wieder still. Mosén Millán rief Paco bei seinem Namen, vergeblich.

Schließlich zeigte sich Paco. In den Händen hielt er das Gewehr. Er sah erschöpft aus, blass.

»Eine Frage, Mosén Millán, und sagen Sie die Wahrheit.«

»Bitte, mein Sohn.«

»Habe ich gestern einen der Männer getötet, die mich holen wollten?«

»Nein.«

»Keinen? Sind Sie sicher?«

»Gott strafe mich, wenn ich lüge. Keinen.«

Seine Antwort schien die Lage zu entspannen, und der Pfarrer fuhr fort: »Ich bin hergekommen unter der Bedingung, dass man dir nichts antut. Das heißt, du wirst vor ein Gericht gestellt, und wenn du schuldig bist, kommst du ins Gefängnis. Mehr nicht.«

»Sind Sie sicher?«

Der Pfarrer zögerte. Schließlich sagte er: »Das habe ich verlangt. Aber denk an deine Familie, mein Sohn. Sie hat es nicht verdient, für dich zu büßen.«

Paco schaute sich um, schwieg. Dann sagte er: »Na gut. Mir bleiben noch fünfzig Schuss, ich könnte mein Leben teuer verkaufen. Aber sagen Sie den Leuten, sie können herkommen, ohne Angst, ich ergebe mich.«

Hinter einem Zaun erscholl die Stimme des Zenturios: »Er soll das Gewehr durchs Fenster werfen und rauskommen.«

Paco tat es.

Und schon hatten sie ihn von dem Gelände heruntergeholt, schubsten und stießen ihn, die Hände auf den Rücken gebunden, mit Gewehrkolben vor sich her bis ins Dorf. Paco humpelte stark, die Bartstoppeln verdüsterten sein Gesicht, bei seinem Anblick hätte man meinen können, er wäre ein anderer. Als Mosén Millán ihn so sah, glaubte er darin etwas Schuldiges zu erkennen. Sie sperrten ihn ins Gefängnis der Gemeinde.

Noch am selben Abend zwangen die fremden Señoritos die Leute, sich auf dem Platz zu versammeln, und hielten Reden, die niemand verstand, sprachen vom Imperium, von der ewigen Bestimmung, von Ordnung, vom heiligen Glauben. Dann sangen sie eine Hymne, mit erhobenem Arm und gestreckter Hand, und unter heftigen Drohungen befahlen sie allen, in ihre Häuser zurückzukehren und sie bis zum nächsten Tag nicht zu verlassen.

Als niemand mehr auf dem Platz war, holten sie Paco und zwei weitere Bauern aus dem Gefängnis und brachten sie zum Friedhof, zu Fuß. Als sie dort ankamen, war es schon fast Nacht. Hinter ihnen, im Dorf, war nur noch ängstliche Stille.

Der Zenturio stellte sie an die Wand. In dem Moment fiel ihm ein, dass sie nicht gebeichtet hatten, und er schickte nach Mosén Millán. Der wunderte sich, als man ihn im Auto des Herrn Cástulo abholte (der es der neuen Obrigkeit zur Verfügung gestellt hatte). Man ließ den Wagen bis zum Hinrichtungsort vorfahren. Mosén Millán hatte sich nicht getraut, auch nur eine Frage zu stellen. Als er Paco sah, war er nicht im mindesten überrascht, er verspürte nur eine große Mutlosigkeit. Die drei legten die Beichte ab. Einer von ihnen hatte bei Paco gearbeitet. Ganz außer sich, ohne zu wissen, was er tat, murmelte der Ärmste ein ums andere Mal: »Ich bekenne, Pater … ich bekenne, Pater …« Als Beichtstuhl diente das Auto des Herrn Cástulo, bei offenem Schlag. Der Priester blieb darin sitzen, der Gefangene kniete auf dem Trittbrett. Kaum hatte Mosén Millán das *Ego te absolvo* gesprochen, rissen zwei Männer den Beichtenden zurück und brachten ihn wieder zur Friedhofsmauer.

Der Letzte, der beichtete, war Paco.

»Dass ich Sie jetzt noch sehen muss«, sagte er zum Pfarrer, mit einer Stimme, die Mosén Millán von ihm noch nie gehört hatte. »Aber Sie kennen mich, Mosén Millán. Sie wissen, wer ich bin.«

»Ja, mein Sohn.«

»Sie haben mir zugesichert, dass man mich vor ein Gericht stellt.«

»Ich wurde genauso getäuscht. Was soll ich tun? Denk an deine Seele, mein Sohn, und vergiss, wenn du kannst, alles andere.«

»Warum töten diese Leute mich? Was habe ich getan? Wir haben niemanden umgebracht. Sagen Sie, dass ich nichts getan habe. Sie wissen, dass ich unschuldig bin, dass wir unschuldig sind, alle drei.«

»Ja, mein Sohn. Ihr alle seid unschuldig. Aber was soll ich tun?«

»Wenn sie mich töten, weil ich mich auf den Weiden verteidigt habe, dann bitte. Aber die anderen beiden haben nichts getan.«

Paco klammerte sich an die Soutane von Mosén Millán und sagte noch einmal: »Sie haben nichts getan, und man wird sie umbringen. Sie haben nichts getan.«

Mosén Millán war so ergriffen, dass ihm die Tränen kamen, und er sagte: »Manchmal, mein Sohn, lässt Gott zu, dass ein Unschuldiger stirbt. Bei seinem eigenen Sohn hat er es zugelassen, und der war unschuldiger als ihr drei.«

Als Paco dies hörte, erstarrte er, verstummte. Auch der Pfarrer sagte nichts mehr. In der Ferne, im Dorf, bellten die Hunde. Eine Glocke läutete. Seit zwei Wochen hörte man Tag und Nacht nur noch diese Glocke.

Mit der Entschlossenheit des Verzweifelten sagte Paco: »Mag sein, dass es keine Rettung für uns gibt, Mosén Millán, aber ich habe eine Frau. Und sie erwartet ein Kind. Was wird aus ihr? Aus meinen Eltern?«

Er sprach, als ginge ihm die Luft aus, und Mosén Millán antwortete ihm, leise, mit einer ebensolchen fiebrigen Hast. Manche Wörter waren, so wie sie sie ausstießen, nicht zu verstehen, doch sie verstanden einander auch so.

Mosén Milláns Stimme überschlug sich fast, er sprach von Gottes Ratschlüssen, jammerte und klagte, und am Ende fragte er: »Bereust du deine Sünden?«

Paco verstand ihn nicht. Es war die erste Äußerung des Pfarrers, die er wirklich nicht verstand. Als der, fast mechanisch, die Frage zum vierten Mal wiederholte, antwortete Paco mit einem Nicken. Und Mosén Millán hob die Hand und sagte: *»Ego te absolvo in …«* Bei diesen Worten fassten zwei Männer Paco an den Armen und brachten ihn zu den anderen an der Mauer.

»Warum töten Sie die beiden?«, rief Paco. »Sie haben nichts getan.«

Einer von ihnen lebte in einer Höhle, so wie der alte Mann, dem sie die Letzte Ölung gebracht hatten. Die Scheinwerfer des Autos – ebenjenes Autos, in dem Mosén Millán saß – leuchteten auf, und fast gleichzeitig krachte die Salve, ohne dass jemand den Befehl gegeben oder man auch nur eine Stimme gehört hätte. Die beiden anderen stürzten zu Boden, doch Paco rannte, blutüberströmt, auf den Wagen zu.

»Mosén Millán, Sie kennen mich«, schrie er.

Er wollte hineinsteigen, schaffte es nicht, befleckte alles mit seinem Blut. Mosén Millán schwieg, hielt die Augen geschlossen und betete.

Der Zenturio setzte Paco den Revolver hinters Ohr, und jemand rief erschrocken: »Nein. Nicht hier!«

Sie schleiften Paco fort. Mit heiserer Stimme sagte er noch einmal: »Fragen Sie Mosén Millán. Er kennt mich.«

Ein paar weitere Schüsse krachten. Dann war es still, und in die Stille hinein murmelte Paco noch: »Er hat mich verraten ... Mosén Millán, Mosén Millán ...«

Der Priester, der mit weit aufgerissenen Augen im Wagen saß, hörte seinen Namen und konnte nicht mehr beten. Die Scheinwerfer hatte irgendwer wieder ausgemacht.

»Fertig?«, fragte der Zenturio.

Mosén Millán stieg aus, und zusammen mit dem Messdiener spendete er den drei Männern die Letzte Ölung. Danach gab ihm jemand Pacos Uhr – das Hochzeitsgeschenk seiner Frau – und sein Taschentuch.

Sie fuhren zurück ins Dorf. Durchs Fenster schaute Mosén Millán zum Himmel auf, und während er an den Abend dachte, als er mit Paco für eine Letzte Ölung zu den Höhlen gegangen war, wickelte er die Uhr in das Taschentuch und faltete seine Hände darum. Beten konnte er immer noch nicht. Sie kamen an dem verwaisten Sonnenplatz vorbei. Die großen blanken Felsen schienen die Köpfe zusammenzustecken und zu tuscheln. Beim Gedanken an all die toten Männer und die armen Frauen vom Sonnenplatz überkam ihn ein Gefühl der Verachtung, und zugleich schämte er sich und fühlte sich schuldig.

Zwei Wochen lang verließ Mosén Millán das Pfarrhaus nicht, außer für die Messe. Das ganze Dorf lag still und düster da, wie ein großes Grab. Die Jerónima war wieder vor die Tür gekommen, ging zum Sonnenplatz, sie ganz allein, und sprach mit sich selbst. Wenn sie glaubte, niemand höre sie, zeterte sie laut, andere Male schwieg sie und zählte die Einschüsse an den Felsen.

Ein Jahr war seither vergangen, ein Jahr wie ein Jahrhundert. Doch Pacos Tod war so gegenwärtig, dass es Mosén Millán vorkam, als hätte er noch Blutflecken an seiner Kleidung. Er schlug die Augen auf und fragte den Messdiener: »Du sagst, das Fohlen ist draußen?«

»Ja, Herr Pfarrer.«

Und im Gedenken an Paco, von einem Fuß auf den anderen tretend, sang der Junge:

> … und tat den letzten Seufzer vor dem
> Herrn des Himmels und der Erde – amen.

Im Schrank der Sakristei, in einer Schublade, lagen die Uhr und das Taschentuch. Mosén Millán hatte noch nicht den Mut gehabt, sie Pacos Eltern und der Witwe zu bringen.

Er ging zum Altar und begann die Messe. In der Kirche war sonst niemand, nur Don Valeriano, Don Gumersindo und der Herr Cástulo. Während Mosén Millán anhob, *Introibo ad altare Dei,* dachte er an Paco, und er sagte sich: ›Ja, ich habe ihn getauft. Ich habe ihm die Letzte Ölung gespendet. Gott vergib mir, aber zumindest wurde er geboren, lebte und starb im Schoß der Heiligen Mutter Kirche.‹ Er glaubte seinen Namen zu hören, auf den Lippen des zu Boden gesunkenen Sterbenden: »… Mosén Millán.« Und so erschrocken wie gerührt dachte er: ›Jetzt lese ich, als Gebet für seine Seele, dieses Requiem, und seine Feinde wollen es bezahlen.‹

Nachwort

Ramón José Sender hat sein Lebtag lang viel und schnell geschrieben, das bezeugen nicht nur Tausende Zeitungsartikel, sondern auch die hundertzwanzig Bücher – darunter gut achtzig Romane und Erzählbände, der Rest verteilt sich auf Essays, Reportagen, Gedichte sowie Theaterstücke –, die zwischen 1928 und seinem Todesjahr 1982 von ihm erschienen sind. Auf die Niederschrift der vorliegenden Erzählung verwendete er nach eigenen Angaben kaum mehr als eine Woche. Sie entstand 1952 in Albuquerque (New Mexico), wo Sender von 1947 bis 1963 moderne spanische Literatur gelehrt hat, und sollte ursprünglich in einer Anthologie spanischer Kurzgeschichten abgedruckt werden, als Kontrapunkt zu Texten seiner Landsleute Miguel de Unamuno und Ramón Pérez de Ayala. Aber das Buchprojekt zerschlug sich, so dass Sender sie als eigenständige Veröffentlichung im Jahr darauf unter dem Titel *Mosén Millán* (»Hochwürden Millán«) in Mexiko publizierte. Erst 1960 erschien die Erzählung unter dem eingängigen Titel *Réquiem por un campesino español*. Bis dahin hatte Sender auf die Autorenrechte verzichtet, weil ihm an einer möglichst großen Verbreitung gerade dieses Werkes gelegen war, das auch wirklich sein populärstes und meistgelesenes geworden ist. Dabei durfte es in Spanien erst 1974 veröffentlicht werden, ein Jahr vor dem Tod des Diktators Francisco Franco, als Regimegegner immer noch verfolgt, gefoltert und mit dem Würgeeisen hingerichtet wurden.

Der von Franco und anderen Generälen im Juli 1936 entfachte Bürgerkrieg und die schon lange davor praktizierte Konspiration von Oligarchie, Klerus und Militär gegen die Reformpolitik der Zweiten Republik bilden den Hintergrund des tragischen Geschehens in einem aragonesischen Dorf, das Sender knapp, präzise und scheinbar ohne große Gefühle zur Sprache bringt. Die Geschichte vom politischen Erwachen des Bauernjungen Paco el del Molino, der als Erwachsener durch Verschulden des Pfarrers seinen Mördern in die Hände fällt, wird ungemein subtil, lebendig und spannungsreich geschildert, mittels Rückblenden aus der erzählten Gegenwart, jener halben oder drei viertel Stunde, die der Geistliche wartend und betend in der Sakristei zubringt, ehe er vor niemandem sonst als den drei Dorfhonoratioren – und Mordanstiftern – Pacos Seelenmesse lesen wird.

Obwohl er weitgehend die Perspektive des Pfarrers einnimmt, fördert der Erzähler eine Wahrheit zutage, die mit den doktrinären Auffassungen und der emotionalen Verkrümmung der Priesterschaft unvereinbar ist. Hingegen gibt er zu verstehen, dass in Haltung, Denkweise und Ausdruckskraft der Klein- und landlosen Bauern – die Anfang der dreißiger Jahre fast vierzig Prozent der aktiven Bevölkerung ausmachten – ein Beharrungs- und Widerstandsvermögen steckt, das sich durch Gewalt nicht ausmerzen lässt. In dieser leisen, fast verhohlen vorgebrachten Botschaft liegt die gesellschaftliche Brisanz der Erzählung. Allerdings ist dem Komparatisten Hans Ulrich Gumbrecht zuzustimmen, der als Ursache für ihren großen und andauernden Erfolg die »Ambivalenz der Lektüremöglichkeiten« genannt hat. Man könne, meint Gumbrecht, das *Requiem für einen spanischen Landmann* als Entlarvung klerikaler und kirchlicher Heuchelei lesen. »Andererseits steht aber auch der ›tragischen‹ Rezeptionsweise nichts – oder jedenfalls nur wenig – im Weg, die den Mördern und vor allem dem Priester-Verräter den gleichsam ›mildernden Umstand‹ eines Handelns in der Konsequenz eigener moralischer Überzeugungen konzedierte.«

Eine solche Lesart würde sich wohl sogar die Sichtweise des Pfarrers zu eigen machen, derzufolge die Grenzen zwischen oben und unten gottgewollt seien. Dies war übrigens die unterschwellige Aussage mehrerer Bürgerkriegsromane, die zur selben Zeit wie Senders Erzählung in Spanien selbst erschienen sind, verfasst von dort und nicht im Exil lebenden Autoren. In José María Gironellas Bestseller *Los cipreses creen en Dios* (»Die Zypressen glauben an Gott«) zum Beispiel – auch dieser Hinweis kommt von Gumbrecht – wird die prekäre, aber immerhin gewaltfreie Koexistenz von Armen und Reichen in der katalanischen Stadt Girona durch das Freiheitsversprechen der Zweiten Republik zerstört, das die einen ermutigt, den anderen ihre Privilegien zu rauben. Es wäre eine Unterstellung zu behaupten, dass Sender eine solche Fehldeutung der historischen Ereignisse nicht grundsätzlich ausgeschlossen hat. Vielmehr ist dem Literaturwissenschaftler Germán Gullón zuzustimmen, wenn er das *Requiem für einen spanischen Landmann* als eine Erzählung über die versäumten Gelegenheiten bezeichnet – darüber, »was möglich gewesen wäre, aber nie geschehen ist: die Verteidigung des Dorfjungen durch Mosén Millán, der Schutz der Opfer des Faschismus durch die katholische Kirche«.

Beziehen wir das Verhalten der Personen auf unsere Gegenwart, dann kommen wir nicht umhin festzustellen, dass der Durchschnittsbürger, ob Mann oder Frau, viel mehr Ähnlichkeiten mit Mosén Millán aufweist – vielleicht auch noch mit dem aus Prinzip oppositionellen und dann doch wieder ängstlichen Schuster – als mit dem von Armut und Unrecht erschütterten Paco, der aufsässigen Hebamme Jerónima oder dem anonymen Verfasser der Volksromanze, die das Opfer zum Helden erhebt. Und wem, fragen wir uns erschrocken, sind wir selbst zugehörig?

Es gibt mindestens zwei lebensgeschichtliche Verbindungen zwischen dem Autor und seiner Erzählung. Zum einen den Schauplatz: Sender ist in Alcolea de Cinca aufgewachsen, einem Dorf im Südosten der Provinz Huesca, und er hat den Ort der Handlung dort oder ganz in der Nähe angesiedelt, jedenfalls im Grenzstreifen zu Lérida, weswegen die Bewohner – wie es auf einer der ersten Seiten heißt – häufig ein katalanisches Wort in ihr aragonesisches Spanisch einflechten. Zum andern ist der Autor als Junge selbst Ministrant gewesen und hat als solcher, wie Paco el del Molino, den Dorfpfarrer zu einem im Sterben liegenden Höhlenbewohner begleiten müssen. »Wäre der Alte damals nicht in der Höhle und in so schlimmen Verhältnissen gestorben, dann wäre ich auch nicht mit dem Priester hingegangen, um ihm die Letzte Ölung zu spenden. Womöglich hätte sich Pacos Dasein dann auch nicht als Symbol für die Lebensumstände der spanischen Bauern geeignet, und das *Requiem für einen spanischen Landmann* wäre nicht geschrieben worden. Denn der Bürgerkrieg hätte wahrscheinlich gar nicht stattgefunden.«

Es ist darüber hinaus keine Äußerung Senders bekannt, derzufolge die frühe Einsicht in das Elend der Landarbeiter sein soziales Gewissen geweckt hat. Es wird, wie fast immer, ein Bündel von Erfahrungen gewesen sein, die ihn geprägt und beeinflusst haben. Jedenfalls wissen wir, dass Sender schon 1915, mit vierzehn Jahren, in einer Schülerzeitung den russischen Anarchisten Pjotr Kropotkin würdigte, was ihn teuer zu stehen kam, da man ihn deshalb als vermeintlichen Rädelsführer eines Krawalls von der Schule verwies, und dass er mit achtzehn das Prosagedicht *Für Rosa Luxemburg am ersten Jahrestag ihrer Aufopferung* veröffentlichte. Trotzdem sollte er Jahrzehnte später behaupten, dass ihn erst Spaniens Kolonialkrieg in Marokko, an dem er als Einjährig-Freiwilliger 1923 teilgenommen hatte, an die Seite der radikalen Linken geführt habe: weil er dadurch das spanische

Volk kennengelernt habe, »das wirkliche Volk, Arbeiter und Bauern«.

Dieser Feldzug gegen die Rifkabylen, der 1926 mit deren Unterwerfung geendet hatte, war mit einer Grausamkeit geführt worden, die für seine Generation von Spaniern ebenso bestimmend wurde, wie es die Greuel des Ersten Weltkriegs für die Soldaten der darin verwickelten Staaten gewesen waren. Der Roman *Imán* aus dem Jahr 1930, mit dem Sender erstmals auch als Schriftsteller und nicht nur als Journalist der liberalen Tageszeitung *El Sol* Aufsehen erregte, steht deshalb den antimilitaristischen, herrschaftskritischen Werken Ernst Glaesers, Ludwig Renns und Erich Maria Remarques nahe, die zur selben Zeit in spanischer Übersetzung erschienen waren. In der Wahl des Protagonisten, eines aragonesischen Kleinbauern und Dorfschmiedes, der hier wie da – in Aragón und in Marokko – das Unglück wie ein Magnet anzuziehen scheint, in den kurzen, nüchternen Sätzen, in denen er dem Chronisten von den erlebten Greueln berichtet, und in der dinghaften Sprache nimmt der Roman manche Besonderheiten des *Requiem* vorweg.

Nach der Buchveröffentlichung, die angeblich sogar zum Sturz der Regierung von General Dámaso Berenguer beigetragen hatte, schloss sich

Sender der anarchistischen Gruppe Espartaco an und schrieb täglich eine Kolumne für *Solidaridad Obrera,* das Organ der anarchosyndikalistischen Gewerkschaft CNT. Bekannter noch wurde er durch seine Reportagen in der Zeitung *La Libertad,* in denen er Fällen von Klassenjustiz, Polizeigewalt und staatlicher Repression nachging, u. a. dem sogenannten Verbrechen von Cuenca, bei dem zwei Campesinos für einen Mord verurteilt wurden, der nie stattgefunden hatte, dem Massaker an Anarchisten in Casas Viejas, einem Dorf der Provinz Cádiz, und den brutalen Vergeltungsmaßnahmen nach der Niederschlagung der Revolution von Asturien 1934.

Neben seiner journalistischen Tätigkeit veröffentlichte er weiterhin Romane, Aufsätze und Reiseberichte, darunter solche, die seine allmähliche Abwendung vom Anarchismus erkennen lassen. Sender war von vornherein kein typischer Anarchist gewesen, da er Kritik an der Sowjetrepublik von Seiten seiner Gefährten nie geduldet, hingegen sowohl den bewaffneten Aufstand als Mittel der Machterringung als auch die Bildung eines straffen Führungsgremiums und die Diktatur des Proletariats gebilligt hatte. Was ihn an den Anarchisten beeindruckt habe, sagte er, seien ihr Mut, ihr Kampfgeist, ihre Selbstlosigkeit gewesen. Der

Roman *Siete domingos rojos* (»Sieben rote Sonntage«), den er 1932 veröffentlichte, war seinen Worten zufolge ein anarchistisches Buch gegen den Anarchismus in seiner impulsiven, kindlichen Spielart.

Laut Selbstdarstellung wurde Sender – wie die meisten begabten Schriftsteller seiner Generation: Rafael Alberti, María Teresa León, Luis Cernuda, Manuel Altolaguirre und ein paar Dutzend mehr – »ein feuriger und lärmender Sympathisant« der Kommunistischen Partei, die erst im Verlauf des Bürgerkriegs zu einer mächtigen Organisation erstarkte: wegen ihrer Effizienz und Disziplin beim Aufbau der Volksarmee und in der öffentlichen Verwaltung; wegen ihrer gemäßigten Einstellung zur Eigentumsfrage, die von der Mehrheit der Bevölkerung geteilt wurde; wegen der sowjetischen Waffenhilfe, durch die sie an Renommee gewann; wegen der Niederschlagung der linken, volksfrontfeindlichen Opposition.

Hatte Sender seine Zeit schon bisher zwischen literarischer und politischer Arbeit aufgeteilt, so war er nun, zur Verteidigung der Republik, auch noch militärisch im Einsatz. Zuerst als Freiwilliger in einer Milizkolonne, dann als Bataillonskommandant im berühmten Fünften Regiment kämpfte er an mehreren Frontabschnitten vor Madrid, bis er nach einem schlecht koordinierten Angriff auf eine feindliche Stellung im Herbst 1936 seinen Posten verließ. Die Umstände dieses eigenmächtigen Verhaltens sind bis heute umstritten. Unklar ist auch, ob Sender anschließend noch mit militärischen Aufgaben betraut wurde. Jedenfalls scheint die Affäre sein Vertrauen in die Kommunistische Partei getrübt zu haben. Zwei, höchstens drei Jahre später war es überhaupt weg. Seinem Prestige tat das keinen Abbruch. 1937 sprach er am Zweiten Internationalen Schriftstellerkongress zur Verteidigung der Kultur, 1938 unternahm er im Auftrag der Regierung Negrín eine Redereise durch die USA und gab, ebenfalls im Auftrag der republikanischen Regierung, in Paris die Wochenzeitung *Voz de Madrid* heraus.

Mit *Contraataque* (»Gegenangriff«) veröffentlichte Sender mitten im Krieg außerdem einen umfangreichen Roman, der trotz seiner Propagandafunktion – er erschien zuerst im Ausland, auf Englisch und Französisch – die inneren Konflikte der Republik nicht unterschlägt und durch ungewöhnliche Detailschilderungen sowie einen lebensbejahenden, zukunftsfrohen Ton besticht. Der Schlusssatz lautet: »Bald werde ich euch erzählen können, wie der Sieg gewesen ist, auch wenn er für mich, im Rahmen meiner persönlichen Freuden oder Schmerzen, kein Sieg mehr sein wird, sondern eine Entschädigung.« Entschädigung wofür? Für zwei Verbrechen, die er im letzten Abschnitt des Romans zur Sprache bringt. Auf das eine, die Ermordung seines Bruders Manuel, ist er auch später noch zurückgekommen, etwa in der Zueignung seines Romans *El rey y la reina* (»Der König und die Königin«) aus dem Jahr 1948: »Die Faschisten bemächtigten sich der Stadt Huesca, wo mein Bruder Bürgermeister war. Zwei Polizisten kamen in sein Haus und sagten zu ihm: ›Wir haben Befehl, Sie zu verhaften. Gehen Sie fort, wir sagen dann, wir hätten Sie nicht gefunden.‹ Mein Bruder antwortete: ›Ich habe keinen Grund, fortzugehen. Niemand kann mir etwas vorwerfen. Verhaften Sie mich doch.‹ (...) Er glaubte, dass es anständiger wäre zu bleiben und mit dem ruhigen Lächeln eines Ehrenmannes der Gefahr die Stirn zu bieten. Eine Woche danach wurde er ohne Prozess und ohne konkrete Anklage erschossen.«

Über das zweite Verbrechen hat Sender hingegen eine Art Erinnerungsverbot ausgesprochen. Es traf seine Frau Amparo Barayón, mit der er im Sommer 1936 in San Rafael, einer Ortschaft im Guadarrama-Gebirge, Urlaub gemacht hatte. Dort wurden sie von der Erhebung der Militärs überrascht. Während er sich in den Wirren der ersten Stunden nach Madrid durchschlug, folgte Amparo seinem Rat, mit ihren Kindern – dem kaum zweijährigen Ramón, der drei Monate alten Andrea – Zuflucht in ihrem Elternhaus in Zamora zu nehmen. Dort aber wurde sie vom Mann ihrer Stiefschwester an die neuen Machthaber verraten, verhaftet, in einer als Verlies und Folterkammer verwendeten Kapelle gefangen gehalten und am 11. Oktober 1936 an der Friedhofsmauer erschossen. Schon zuvor waren zwei ihrer Brüder ermordet worden, offenbar nur deshalb, weil sie als Republikaner galten.

Vor ihrer Hinrichtung hatte Amparo den Priester gebeten, ihr die Absolution zu erteilen. Aber er weigerte sich, ihr diesen letzten Wunsch zu erfüllen, weil sie nicht kirchlich getraut worden war, sondern auf dem Standesamt geheiratet hatte. Wer weiß, wie sich Mosén Millán in diesem Fall verhalten hätte.

Sender erfuhr vom Tod seiner Frau im Dezember, in Frankreich, wo ihm Ramón und Andrea von Rotkreuzhelfern übergeben wurden. Er hatte keinen Versuch unternommen, Amparo durch einen Geiselaustausch zu retten. Noch im selben Monat heiratete er Elixabete Altube, eine junge Flüchtlingsfrau aus Guernica, die im Jahr darauf einen Sohn zur Welt brachte, Emmanuel. Sender verließ sie und die drei Kinder, um in Paris, wie bereits erwähnt, die Zeitung *Voz de Madrid* zu redigieren.

Erst im Frühjahr 1939, als die Niederlage der Republik schon feststand, nahm er Ramón und Andrea zu sich. Um Emmanuel und seine zweite Frau kümmerte er sich nicht weiter, und hier ist nicht der Ort, ihr späteres Schicksal auszubreiten. Mit einem amerikanischen Visum ausgestattet, ging Sender mit den beiden Kindern an Bord der U.S. Manhattan, die Anfang April in New York anlegte. Dort fand sich die Schriftstellerin Julia Davis bereit, Ramón und Andrea an Kindes Statt aufzunehmen. Sie war ihnen nach Auskunft Ramóns eine liebevolle, zärtliche Ziehmutter. Den leiblichen Vater sahen sie nur selten, und wenn sie ihn sahen, weigerte er sich, ihnen von Amparo zu erzählen. »Lass es bitte auf sich beruhen«, sagte er zu seiner Tochter, die unter dem Namen Benedicta Nonne der Episkopalkirche geworden ist. »Es tut so weh.«

Erst nach Senders jähem Herztod Mitte Jänner 1982 konnte sich Ramón daranmachen, den Spuren der von seinem Vater verschwiegenen, unterschlagenen Frau zu folgen. Was er dabei herausfand, lässt sich in seinem Buch *A Death in Zamora* (1989) nachlesen, das unter dem gleichlautenden Titel, »Ein Tod in Zamora«, auch auf Deutsch erschienen ist. Es ist bei aller Bitterkeit keine Abrechnung mit dem zeitlebens abweisenden Vater, der seinen Kindern mehr durch die amerikanischen Ausgaben seiner Romane als durch persönliche Begegnungen nahegekommen war. Es fällt schwer, Senders Behauptung ernst zu nehmen, er habe sie deshalb in fremde Obhut gegeben, weil die Stalinisten hinter ihm her gewesen seien. Hätte er sich tatsächlich in Lebensgefahr befunden, wäre er wohl nicht, bald nach der Ankunft in New York, nach Mexiko weitergereist, wo der kommunistische Einfluss unter den Exilspaniern beträchtlich war und Stalins verbrecherische Energie, wenn man an David Alfaro Siqueiros' gescheiterten und Ramón Mercaders geglückten Anschlag auf Leo Trotzki denkt, sich relativ ungehindert entfalten konnte.

Ein Stipendium der Guggenheim-Gedächtnis-Stiftung hatte es Sender 1941 ermöglicht, von Mexiko in die Vereinigten Staaten zu wechseln. Arizona, New Mexico, Kalifornien: Er lebte abseits der literarischen Zentren, aber immer in Gegenden, in denen ihm dank der hispanoamerikanischen Präsenz die Verbindung zur Muttersprache nicht verlorenging. Seine literarische Produktivität steigerte sich sogar, nun, da er sich aus Vorsicht – er fühlte sich jahrelang vom FBI beschattet – oder aus Überzeugung nicht mehr mit revolutionären Parteien oder Bewegungen identifizierte. (Die Umkehrung seiner früheren Ideale war erreicht, als er während des Vietnamkriegs Partei für die US-amerikanische Napalmbombenpolitik ergriff.) Im Prolog zu seinem Roman *Los cinco libros de Ariadna* (»Die fünf Bücher der Ariadne«), der vier Jahre nach dem *Requiem* erschien und als Abrechnung mit den »Moskowitern« gedacht war, bekräftigte er, »dass der Dichter und der Politiker zwei einander entgegengesetzten, unversöhnlichen Arten angehören und dass die Eigenschaften des einen und die des anderen einander ausschließen«. Aber fünf Zeilen weiter unten steht, dass ein Schriftsteller sozialen Gegebenheiten nicht ausweichen könne. »Bleibt man in unseren Zeiten sozialen Problemen gegenüber ungerührt, muss man ein Spitzbube oder ein Schafskopf sein.« Das *Requiem für einen spanischen Landmann* erbringt den Nachweis, dass Sender zumindest als Schriftsteller weder das eine noch das andere gewesen ist.

Es gehört sich, bei dieser Gelegenheit an zwei Menschen zu erinnern, die dazu beigetragen haben, dass Senders Werk in den deutschsprachigen Ländern wenigstens eine flüchtige Spur hinterlassen hat. Zum einen Georg Hellmuth Neuendorff, der heutzutage, wenn überhaupt, als Reformpädagoge und als Sittlichkeitsverbrecher – wofür er 1924 zu einer sechsjährigen Haftstrafe verurteilt wurde – bekannt ist. Neuendorff hatte, wohl aus eigenem

Antrieb, Senders ersten Roman übersetzt, der 1931, ein Jahr nach der Originalausgabe, unter dem fast gleich lautenden Titel »Imán. Kampf um Marokko« im Berliner Verlag Der Bücherkreis erschienen ist – als erste fremdsprachige Übersetzung überhaupt. Von daher rührte Senders Dankbarkeit gegenüber Neuendorff, den er 1933 in Paris kennengelernt und dann aufgrund der politischen Umstände aus den Augen verloren hatte. Das jedenfalls steht in einer seiner *Relatos fronterizos* (»Grenzgeschichten«) aus dem Jahr 1970. Sender schreibt darin auch, dass sein Übersetzer bei einem alliierten Luftangriff 1943 in Dresden umgekommen sei, und unterstützt diese Behauptung mit Zitaten aus allerlei Briefen. Aber die Belege erweisen sich als fingiert, denn Neuendorff hatte den Krieg überlebt und in der Sowjetischen Besatzungszone gemeinsam mit der Schriftstellerin Maria Schwauß eine Lateinamerika-Reihe begründet, die nach fünf Titeln aufgrund ideologisch verbohrter und literarisch ahnungsloser Gutachten eingestellt wurde. Er starb jedenfalls erst im März 1949, plötzlich und ohne dass dabei Gewalt angewendet wurde, und man fragt sich, welchen ästhetischen Gewinn Sender darin gesehen hat, ihm ein anderes Todesjahr und andere Todesumstände anzudichten.

Über den Kritiker Walter Boehlich hat Sender

meines Wissens nie geschrieben. Vielleicht hat er ihn auch nie getroffen. Ein engerer Kontakt bestand, das erweist sich an den vierzig Büchern, darunter sieben signierte, die Boehlich von ihm in seiner Bibliothek verwahrte. Möglich, dass er noch in Bonn, als Assistent des Romanisten Ernst Robert Curtius, auf Senders Werk aufmerksam geworden war. Wenn nicht dort, dann in Madrid, wo er Mitte der fünfziger Jahre an der Universidad Complutense Deutsch unterrichtet und den österreichischen Schriftsteller Wilhelm Muster kennengelernt hatte, den er später, als Cheflektor des Suhrkamp Verlags, mit zwei Romanübersetzungen beauftragte. Einen dritten Roman übersetzte Maria von Wevell, die als Bibliothekarin am Ibero-Amerikanischen Forschungsinstitut in Hamburg arbeitete, und die restlichen beiden Bücher – eines davon war das *Requiem* – wurden von Boehlich selbst ins Deutsche übertragen.

Fünf Buchveröffentlichungen in sechs Jahren, von 1961 bis 1966. Dann riss der Faden, auch wegen Boehlichs Bruch mit dem Verleger; 1971 erschien noch – aber nicht mehr bei Suhrkamp – Senders Prosatrilogie über die heilige Teresa von Ávila in der Übersetzung von Doris Deinhard und 1991 der schon genannte Roman *Sieben rote Sonntage*, den Peter-Paul Zahl auf Grundlage der englischen

Übersetzung ins Deutsche gebracht hat. Schluss, aus, Ende?

In *Dichten und Trachten,* der Hauszeitschrift des Suhrkamp Verlags, schrieb Walter Boehlich 1966 ziemlich betrübt, ratlos und verärgert, dass die spanische Literatur bei deutschen Lesern auf »unverhältnismäßig wenig Gegenliebe« stoße. »Ramón José Senders Werke jedenfalls scheinen sie nicht lesen zu mögen. Ist ihnen sein Name nicht groß genug? Aber warum ist er dann groß außerhalb Deutschlands? Hat ihnen niemand von Sender gesprochen? Erscheinen unsere Zeitungen und Zeitschriften umsonst? Schreiben unsere Kritiker umsonst? Langweilt er sie? Ja, ist der *Verschollene* etwa langweilig? Oder das *Requiem für einen spanischen Landmann*? Sind denn seine Romane langweilig? *Der König und die Königin? Die Brautnacht des schwarzen Trinidad?* Langweilig? Minderwertig? Esoterisch? Tut der Verlag nichts für seinen Autor? An was eigentlich liegt es? Ist, was da in spanischem Gewande geschildert wird, uns so vollkommen fremd, keine, auch nicht die fernste Erinnerung an eigene Geschichte weckend? Oder mögen wir es gerade deswegen nicht, weil es Erinnerungen weckt, weil wir mit der eigenen Vergangenheit schon genug zu tun haben? Ich weiß es nicht.«

»Hat die spanische Literatur kein Publikum?«

Mit dieser Frage war Boehlichs Aufsatz überschrieben. Ein halbes Jahrhundert später stellen wir sie aufs Neue. Hat Ramón José Sender keines? Die Nagelprobe könnte diese Erzählung sein, in Thomas Brovots neuer, schwungvoller Übersetzung, die die Atmosphäre des Originals so gut trifft. Ich wünsche ihr enorm viele Leser, Leserinnen, junge, alte und solche, die so dazwischen sind. Nicht nur, um Walter Boehlich, der sich für das *Requiem für einen spanischen Landmann* ins Zeug gelegt hat, postum Genugtuung zu verschaffen, also aus Gründen der literarischen Gerechtigkeit, sondern vor allem der Sache willen, um die es in Senders Erzählung geht und die wir nicht vergessen dürfen.

Erich Hackl

George Orwell

Mein Katalonien

Bericht über den Spanischen Bürgerkrieg

Aus dem Englischen von Wolfgang Rieger

Ende 1936 kam Orwell als Zeitungsreporter nach Barcelona, um über den Bürgerkrieg zu berichten. Er schloß sich der Miliz der P.O.U.M. an, der Arbeiterpartei der marxistischen Einigung, und kämpfte den Winter über an der Front in Aragonien. Als er wenig später mit ansehen mußte, wie die Kommunisten bei der Ausschaltung der ihnen nicht genehmen Gruppen Methoden der faschistischen Geheimpolizei anwandten, wurde er zu einem der erbittertsten Feinde des sowjetischen Totalitarismus.

»Aus Orwells Bericht, der bei der Linken eine heftige Kontroverse auslöste, spricht die absolute Lauterkeit, die diesen Schriftsteller zum Gewissen seiner Generation machte.« *Kindlers Literatur Lexikon*

»Der Spanische Bürgerkrieg und andere Ereignisse von 1936–37 bewirkten einen Umschwung bei mir, und seitdem wußte ich, wo ich stand. Jede ernsthafte Zeile, die ich seit 1936 geschrieben habe, habe ich, direkt oder indirekt, gegen den Totalitarismus geschrieben.«
George Orwell

»Mit seinen journalistischen Texten ist George Orwell im angelsächsischen Raum mindestens so berühmt und einflußreich geworden wie mit seinen Büchern. Sie verbinden Originalität mit gedanklicher Prägnanz und sprachlicher Anschaulichkeit.«
Stefan Howald / Tages-Anzeiger, Zürich

Vercors

Das Schweigen des Meeres

Erzählung. Aus dem Französischen von Karin Krieger. Mit einem Essay von Ludwig Harig und einem Nachwort von Yves Beigbeder und einer Zeittafel

Das Schweigen des Meeres erschien 1942 als erster Titel des legendären Untergrundverlags Editions de Minuit. Die Erzählung wurde zu einem maßgeblichen Werk der französischen Résistance und war in Deutschland nach dem Krieg in allen vier Besatzungszonen Pflichtlektüre an den Schulen.

Ein deutscher Offizier nimmt während der Besatzung in Frankreich bei einem alten Mann und seiner jungen Nichte Quartier. Während der Deutsche allabendlich seine große Verehrung für die französische Kultur kundtut und über die deutsch-französische Zukunft monologisiert, schweigen seine Quartiersgeber – wie das Meer. Bei einem kurzen Besuch in Paris wird dem Offizier der Zynismus der Politik Hitlers offenbar, und völlig desillusioniert beschließt er, sich an die Ostfront zu melden.

Für Ludwig Harig ist *Das Schweigen des Meeres* ein Schlüsselbuch zur deutschen Geschichte wie zu seinem eigenen Leben. Erstmals las er die Erzählung im Herbst 1949 während seines Aufenthalts am Collège Moderne in Lyon. In seinem poetischen Essay reflektiert er diese Zeit und versucht die Fragen zu beantworten, die das Buch in ihm evozierte. Ein notwendiger Gegenentwurf zu der gegenwärtig lautstark geführten Diskussion über die deutsche Vergangenheit.

»Ein literarisches Meisterwerk.« *Alfred Andersch*

Auch als Diogenes Hörbuch erschienen,
gelesen von Hans Korte

Bernhard Schlink
Der Vorleser

Roman

Sie ist reizbar, rätselhaft und viel älter als er ... und sie wird seine erste Leidenschaft. Sie hütet verzweifelt ein Geheimnis. Eines Tages ist sie spurlos verschwunden. Erst Jahre später sieht er sie wieder. Die fast kriminalistische Erforschung einer sonderbaren Liebe und bedrängenden Vergangenheit.

»Dieses Buch sollte man sich nicht entgehen lassen, weil es in der deutschen Literatur unserer Tage hohen Seltenheitswert besitzt.«
Tilman Krause / Der Tagesspiegel, Berlin

»Der beklemmende Roman einer grausamen Liebe. Ein Roman von solcher Sogkraft, dass man ihn, einmal begonnen, nicht aus der Hand legen wird.«
Hannes Hintermeier / Abendzeitung, München

»Ein Roman von bestechender Aufrichtigkeit. Was für ein Glück, dass dieses Buch geschrieben wurde!«
Rainer Moritz / Die Weltwoche, Zürich

»Gerade in dem Moment, wo alles über Deutschland und den Krieg gesagt zu sein scheint, kommt dieses fesselnde, philosophisch elegante und moralisch komplexe Buch von Bernhard Schlink.«
Richard Bernstein / The New York Times

»Ein literarisches Ereignis.« *Der Spiegel, Hamburg*

»Ein wunderbares Buch.« *Le Monde, Paris*

Bernhard Schlinks Roman *Der Vorleser* ist in über 50 Sprachen erschienen und avancierte zum internationalen Bestseller.

Auch als Diogenes Hörbuch erschienen,
gelesen von Hans Korte

Alfred Andersch
Die Romane

Vier Bände in Kassette
Alle Bände auch einzeln lieferbar

Sansibar oder der letzte Grund

»In einer kleinen Stadt an der Ostsee treffen zufällig sechs Gestalten zusammen: ›Der Junge‹; Gregor, der KPD-Funktionär; Judith, die Jüdin; am Ort selbst befinden sich der Pfarrer Helander; Knudsen, der Fischer und Kutterbesitzer; als letzter die Holzplastik des ›Lesenden Klosterschülers‹. Und diese sechs Gestalten haben kein anderes Anliegen, als Deutschland zu verlassen... Alfred Anderschs großes Buch von Sansibar ist ein Mißtrauensvotum ersten Ranges gegen unser behäbig aufgeblasenes ›Volk der Mitte‹.«
Arno Schmidt

Die Rote

»Ein Werk, so denkwürdig wie selten – das Geschenk eines europäischen Schriftstellers an Italien.«
Italo Chiusano

»Ich glaube, daß sich als wieder richtig herausstellen wird, was schon vor geraumer Zeit der maßgebende französische Kritiker Maurice Nadeau gesagt hat, nämlich: daß Alfred Andersch einer der wenigen westdeutschen Nachkriegsautoren ist, die der Welt etwas zu sagen haben.« *Jean Améry*

Efraim

»Daß das große Feld, das dieser Ich-Bericht aussteckt – das Gesichtsfeld: Deutschland, Hitler, Europa, Nachkriegszeit, Ost-West usw. – zum Schluß sich zusammenzieht auf jenes Kreuz, das man ›privat‹ nennt und das gegenüber Treblinka oder Vietnam ›klein‹ genannt wird, das ist stark durch Wahrheit, Beichte im guten

Sinne, Eingeständnis, daß wir, wie sehr uns die allgemeine Geschichte angeht und bewegt, die Welt schließlich doch immer vom Ich her erfahren, erleiden, bewältigen oder nicht.« *Max Frisch*

Winterspelt

»*Winterspelt* ist ein Buch, das, so denke ich, das beste ist, das dieser zurückhaltende, eigenwillige Autor geschrieben hat. Ein Alterswerk (wie Fontanes *Stechlin*, Thomas Manns *Erwählter*, Heinrich Manns *Atem*): zart und von durchsichtig-kristalliner Struktur.«
Wolfram Schütte

»*Winterspelt* beunruhigt mich sehr. Ein Buch, das dem Leser den Schlaf raubt, ist ein Buch, das zu lesen sich lohnt. Überzeugt von seinem hohen literarischen Rang, sollte ich über *Winterspelt* schweigen. *Winterspelt* ist ein großes Werk. Jede Kritik an *Winterspelt* richtet sich gegen den Kritiker.« *Wolfgang Koeppen*

Fred Uhlman im Diogenes Verlag

The Making of an Englishman

Erinnerungen eines deutschen Juden

Herausgegeben und aus dem Englischen übertragen von Manfred Schmid

Stationen eines jüdischen Lebens im 20. Jahrhundert: Kindheit in Stuttgart · Erster Weltkrieg · Schlagende Verbindung in Freiburg · Eintritt in die SPD und Bekanntschaft mit Kurt Schumacher · Flucht vor den Nazis nach Frankreich · Pariser Künstlerkreise · Ausstellungen · Reise nach Spanien · England · Begegnung mit Kokoschka · Internierungslager · Freundschaft mit Kurt Schwitters.

»Nicht, weil ich Großes in meinem Leben erreicht habe, habe ich meine Memoiren geschrieben, sondern weil ich die Geschichte eines durchschnittlichen Menschen und seiner Zeit erzählen will, der in einen der wildesten Stürme der Geschichte geriet und eine Katastrophe überlebte, die ganze Kontinente verschlang. Es ist die Geschichte eines Mannes, der vielleicht egoistisch glaubte, daß es wichtiger sei, gute Bücher zu schreiben, als in achtzig Stunden um die Welt zu rasen, daß es wichtiger sei, gute Bilder zu malen, als ein großes Vermögen anzuhäufen, und dessen einziger Ehrgeiz darin besteht, nicht mit Raketen, sondern mit Kunst die Sterne zu erreichen.« *Fred Uhlman*

Der wiedergefundene Freund

Erzählung. Mit einem Vorwort von Arthur Koestler
Deutsch von Felix Berner

Zwei 16jährige Jungen besuchen die gleiche exklusive Schule. Der eine, Hans Schwarz, ist der Sohn eines Arztes, der andere, Konradin von Hohenfels, ent-

stammt einer reichen Adelsfamilie. Zwischen den beiden entspinnt sich eine Freundschaft, die auf einem tiefen, magischen Einverständnis beruht. Bis ein Jahr später die Beziehung zerbricht. Die Geschichte spielt in Deutschland. Wir schreiben das Jahr 1933.
Fred Uhlmans bewegende Erzählung erforscht mit ungewohnter Zartheit und suggestiver Kraft die Gesetze der Freundschaft, die Widrigkeiten, die ihr gefährlich werden können, sowie jene anderen Kräfte, die unzerstörbar Trennung, Enttäuschung, Verzweiflung und sogar den Tod überdauern.
Der wiedergefundene Freund erschien 1971 in den USA, wurde begeistert aufgenommen und daraufhin in England, Holland, Schweden, Norwegen, Dänemark, Spanien, Portugal, Deutschland und Israel veröffentlicht; 1985 war es das meistverkaufte Taschenbuch in Frankreich.

»Ein Akt der Versöhnung, der Anerkennung eines Juden für jene bemerkenswerten Deutschen, die beim Versuch, Hitler zu stürzen, ihr Leben gaben, Männer wie Stauffenberg und Helmuth James von Moltke.«
Books and Bookmen

»*Der wiedergefundene Freund* ist eines der raren Zeugnisse dafür, daß auch angesichts des namenlosen Schreckens Literatur als Kunst möglich ist.«
Neue Zürcher Zeitung

»Ein Meisterwerk.« *Arthur Koestler*

Auch als Diogenes Hörbuch erschienen,
gelesen von Hans Korte